dtv

Antonius liegt auf dem Platz vor dem Kloster. Er ist erschöpft, hat Schmerzen. Die Brüder haben ihn zur Piazza getragen. Jetzt liegt er da und sieht den italienischen Himmel. Und um ihn herum stehen Menschen, die sehen wollen, wie ein Heiliger stirbt. Und Antonius blickt zurück auf das, was ihn hierher gebracht hat, von der Kindheit in Portugal bis in den Orden des heiligen Franziskus.
Michael Köhlmeier führt uns in eine ferne Zeit, doch er macht uns Bruder Antonius zum Zeitgenossen. In einer Epoche der Gewalt fragt sich Antonius, wie kommt das Böse in die Welt? Und habe ich dagegen etwas bewirkt mit meinen Reden?

Michael Köhlmeier, geboren 1949 in Hard am Bodensee, lebt als freier Schriftsteller in Hohenems (Vorarlberg) und Wien. Er schreibt Romane, Erzählungen, Hörspiele und Lieder und trat erfolgreich als Erzähler antiker und heimischer Sagenstoffe sowie biblischer Geschichten auf. Für seine Bücher erhielt er zahlreiche, sehr bedeutende Auszeichnungen. Zuletzt erschienen die Romane ›Zwei Herren am Strand‹, ›Das Mädchen mit dem Fingerhut‹ und ›Bruder und Schwester Lenobel‹ sowie die Reden ›Erwarten Sie nicht, dass ich mich dumm stelle‹.

Michael Köhlmeier

Der Mann, der Verlorenes wiederfindet

Novelle

dtv

Von Michael Köhlmeier ist bei dtv außerdem lieferbar:
Abendland (13718)
Die Musterschüler (13800)
Wie das Schwein zum Tanze ging (62412)
Bleib über Nacht/Geh mit mir (13855)
Idylle mit ertrinkendem Hund (13905)
Spielplatz der Helden (14252)
Die Abenteuer des Joel Spazierer (14323)
Zwei Herren am Strand (14468)
Das Sonntagskind (14524)
Das Mädchen mit dem Fingerhut (14617)
Erwarten Sie nicht, dass ich mich dumm stelle (14709)

Ausführliche Informationen über unsere Autoren und Bücher www.dtv.de

MIX
Papier aus verantwortungsvollen Quellen
FSC® C019821
www.fsc.org

2019 dtv Verlagsgesellschaft mbH & Co. KG, München
Lizenzausgabe mit Genehmigung der Carl Hanser Verlag GmbH & Co. KG, München

Umschlaggestaltung: dtv nach einem Entwurf von Peter-Andreas Hassiepen, München
Motiv: Simon Denis: Sunset in the Roman Campagna (ca. 1800), © The National Gallery, London/akg
Satz: C.H.Beck.Media.Solutions, Nördlingen
(Satz nach einer Vorlage von Gaby Michel, Hamburg)
Druck und Bindung: Druckerei C.H.Beck, Nördlingen
Gedruckt auf säurefreiem, chlorfrei gebleichtem Papier
Printed in Germany · ISBN 978-3-423-14700-2

für ihn

1

Der Mann, der Verlorenes wiederfindet, nun lag er in Arcella auf dem Platz vor dem Kloster.

Er hatte die Schmerzen nicht mehr ertragen. Die Straße von Camposampiero nach Padua war gepflastert und der Wagen hart gefedert, da war dem Kutscher befohlen worden, noch vor dem Ziel anzuhalten. Aus dem Kloster waren die Klarissinnen zu Hilfe geeilt, die bereits von einem Pater verständigt worden waren, und sie hatten eine Decke und eine Rolle für den Nacken gebracht und eine Pritsche, die war mit Seilen bespannt. Die Brüder hatten ihn zur Piazza getragen, Antonius war ohnmächtig geworden. Als er ruhig lag und die Sonne auf seine dünnen Lider schien, kam er wieder zu sich.

Er sah den Himmel. Er sah die Giebel der Häuser, über die der Himmel emporwuchs. Erst hörte er noch die Amseln. Den Kopf zur Seite drehen, um zu sehen, was um ihn vorging, mochte er nicht. Eine Handbreit über der Erde lag er, seine nackten Fersen berührten das Pflaster, aber sein Blick ging in den Himmel, und der war blau und ohne eine

Wolke an diesem späten Juninachmittag. Ein Gemurmel kam von weit her gekrochen und überdeckte den Gesang der Amseln, glitt auf den Platz und umschloss ihn, als würde es an den Fassaden entlanggespült. Dreitausend waren es, die dem Pferdewagen von Camposampiero nachgefolgt waren, eine lange und breite Prozession, die Felder rechts und links des Weges hatten sie zertrampelt, aber die Bauern und die Knechte und die Mägde hatten nicht geflucht, sondern hatten die Forken weggeworfen und waren ihnen nachgelaufen in ihren erdverklebten Schuhen und hatten sich ihnen angeschlossen und mit ihnen gesungen und gebetet: *Ave Maria, gratia plena. Dominus tecum. Benedicta tu in mulieribus …* – hundertundfünfzig Mal, nach jedem Zehner ein Paternoster und wieder von vorne.

In Camposampiero hatte Antonius diesen Menschen noch gepredigt, und seine Stimme war kräftig gewesen, und seine Worte hatten die Erwartungen übertroffen. Obendrein war versprochen worden, er werde ihnen die Beichte abnehmen, allen. Allen? Dreitausend Menschen? Jawohl, hätte es darauf geheißen, würde jemand in dieser Weise gefragt haben, was niemand hatte; jawohl, dieser Beichtvater benötige pro Seele nur einen Blick; er könne hinunterschauen wie in einen ausgeleuchteten Brunnenschacht, dorthin, wo die Seele hocke und bocke und leide und hoffe. Kein Mann, keine Frau brauche vor ihm das Übel, das nun einmal jede Seele ausschwitze, zusammenzukratzen und ans Licht zu heben und in sein Ohr zu schmieren. Er wisse alles. Drei spanische Wände auf dem Platz vor der Klostermauer dienten als Beichtstuhl, darüber werde ein Sonnensegel gespannt und fertig. In seinen Daumen, hieß es weiter, ritze er am Beginn der Prozedur mit einem Messerchen das Zeichen des Kreuzes, und den Daumen drücke er zur Absolution dem Beichtling auf die Stirn, nachdem er einen Blutstropfen herausgequetscht habe, so werde Zeit gespart, und dreitausend Sündern könne an einem einzigen Tag Erleichterung verschafft werden. Der heilige Mann aber, wie er genannt wurde – *il Santo* –, sei hinterher um dreitausend Blutstropfen ärmer. Solches war ohne Beispiel in der ganzen Christenheit.

Bis er nicht mehr weiterkonnte, hatte er zu den Dreitausend gepredigt. Und als er nicht mehr weiterkonnte, weil ihm schwarz wurde und er ins Wanken geriet, waren ihm seine Brüder zu Hilfe geeilt und hatten ihn von der zusammengenagelten Kanzel geholt und in das Kloster geschleppt, in den Schatten. Antonius aber, das wurde gewusst und weitergesagt, habe darum gebeten, dass man ihn nach Padua fahre, denn in Padua wolle er sterben – weil der Weg über das Meer zu weit sei, nach Lissabon, in seine Heimat, wo Mutter und Vater lebten und auch seine Schwester, die er nun wahrscheinlich erst in der Seligkeit wiedersehe. Also waren zwei Pferde vor den Wagen gespannt worden, auf dem man üblicherweise das Bier transportierte, für das die Minderbrüder vom Kloster in Camposampiero berühmt waren. Neben dem Kutscher auf dem Bock zu sitzen, hätte seinen Bauch zu arg gequetscht, im Bauch aber war das Zentrum des Schmerzes, der inzwischen bis in die Fingerspitzen und die Fußsohlen ausstrahlte; also legte man ihn hinten auf die Ladebretter und klemmte ihn zwischen zwei Fässer, damit er nicht vom Wagen fiele. Aber das Pflaster war grausam grob, und der Wagen rumpelte und pumpelte, und die Brüder, die ihn begleiteten, hatten beschlossen, in Arcella anzuhalten, um Antonius ein wenig Ruhe zu gönnen. Sein Wunsch sei es gewesen, ihn auf den Platz unter den Himmel zu legen, denn in den Himmel wollte er schauen. Nun sprach er nur mehr portugiesisch – »Eu quero olhar para o céu …« Bruder Martinho, der, um sein Idol zu sehen, vor einem Jahr aus Lissabon gekommen war, musste übersetzen.

Die Dreitausend aber waren dem Wagen gefolgt, bis auf den letzten Mann und die letzte Frau; keiner hatte sich umgedreht und war in die andere Richtung davon, weil er glaubte, genug gesehen und gehört zu haben. Alle wollten Zeuge sein, wenn Gott seinen Heiligen zu sich holte. Keiner sprach laut, auch die Kinder nicht, aber doch sprachen sie alle. Sie wollten einander versichern, dass es gleich geschehen würde, das Unausdenkbare. Viele Fragen waren. Die wurden gemurmelt, von Mund zu Ohr. Männer und Frauen, die einander nie zuvor gesehen hatten, die von Montebelluna heruntergekommen waren und von Ferrara herauf, von Bologna und Mantua herüber, von Verona und Venedig, sie vertrauten einander. Einer vertraute dem anderen, dass er ein Fachmann sei in punkto Auffahrung eines Heiligen in den Himmel. Einer fragte den anderen, und einer antwortete dem anderen. Daraus wurden Spekulationen, die den Dialogen des großen Gregor Ehre gemacht hätten, und ein Gemurmel, das den Amselgesang übertönte.

Das Unausdenkbare war die Heimholung eines Heiligen durch Gott. Unausdenkbar, weil, erstens, Gott selbst unausdenkbar war; zweitens, weil seit der Himmelfahrt Christi – beschrieben beim Evangelisten Lukas – *Und während er sie segnete, verließ er sie und wurde zum Himmel emporgehoben …* und in der Apostelgeschichte: *Als er das gesagt hatte, wurde er vor ihren Augen emporgehoben, und eine Wolke nahm ihn auf und entzog ihn ihren Blicken …* – nie mehr beobachtet worden war, wie ein Mensch – oder besser müsste man sagen: einer, der bis dahin ein Mensch gewesen war – eben regelrecht vom Boden emporgehoben, von unsichtbaren Händen und Armen, und weiter in die Luft gleichsam geworfen oder geblasen oder eigentlich: angesaugt wurde von den mächtigen Lungen des Mächtigsten, hoch und höher und immer höher, bis er winzig klein im Blauen verschwand. Geschehe dies, wurde gemurmelt, müsse man eine kleine Weile warten, wie lange genau, das würde ein anwesender geistlicher Herr bekanntgeben, dann könne man – vorausgesetzt, jedermann halte sein Maul und wetze nicht und trample nicht mit den genagelten Schuhen – ein Türgehen hören weit oben, und das bedeute, der Heilige sei aufgenommen. Woraufhin getrost in Jubel ausgebrochen werden dürfe.

2

Antonius sah in den Himmel. Erst war er blau, gleich wurde er golden, und aus seiner Mitte löste sich ein Schatten, der war wie der Umriss eines Mannes, und der erhob sich und drehte sich, als schickte er sich an zu tanzen. Oder war es die Wolkensäule aus Exodus: *Und der Herr zog vor ihnen her, am Tage in einer Wolkensäule, um sie den rechten Weg zu führen, und bei Nacht in einer Feuersäule, um ihnen zu leuchten, damit sie Tag und Nacht wandern konnten ...* – Er wusste, das hatte nichts zu bedeuten; so spielt das Auge, wenn man es ungeschützt in den gleißenden Nachmittagshimmel hält, ebenso, wenn man die Handballen gegen die Augäpfel presst. So hatte er sich als Kind und als junger Mann Gespenster vorgezaubert und sich mit ihnen unterhalten. Lange, dünne, verbogene Boten waren es gewesen, und es war ihnen nicht anzusehen, woher sie kamen, ob von unten oder von oben, und auch nicht, welche Botschaft sie brachten. Als Kind nicht weniger als jetzt auf seiner Sterbepritsche vor Arcella in einem leeren Radius von zwanzig Schritten, eingekreist von dreitausend Sterbensneugierigen, war er sich jedoch gewiss gewesen, dass jedes Wort, das zwischen ihm und diesen Chimären gesprochen wurde, von nirgendwo anders herkam als aus ihm selbst, aus seinem eigenen Geist und seiner eigenen Seele, die beide seiner Verantwortung oblagen und nur seiner; dass also er, angenommen, die Boten würden aus der Hölle steigen, mit ihnen in der Sprache der Hölle spräche, wenn er ihnen Redezeit überließ. Dass also er die Sprache der Hölle beherrschte.

Gelernt hatte er später im Priesterseminar der Augustiner Chorherren in Coimbra, als er zehn Stunden am Tag nichts anderes tat als lesen – zuvorderst natürlich den Augustinus von Hippo, den klügsten Mann seit dem Apostel Paulus, aber auch den Dionysius Areopagita und den Boethius (von diesem die *Consolatio philosophiae*, über die er einen Kommentar verfasste, der bis hinauf zum Abtprimas gereicht wurde), des weiteren den durchaus unter Argwohn stehenden Johannes Scottus Eriugena (der zur Erleichterung der jungen Gewissen im Seminar gegen die radikale Prädestinationslehre, der zufolge im Uranfang bestimmt worden war, wer in der Gnade sein wird und wer verdammt, *das* schlagende Argument ins Feld führte: Gott, weil er das Etwas sei, könne niemals das Böse, also das Nichts, wollen, er könne es nicht einmal kennen, und eine von Anfang an festgelegte Verdammung sei nun einmal böse) –, hatte er als sechzehnjähriger Studiosus mithilfe dieser verehrten Lehrer also gelernt, die Boten der Hölle zu erkennen, wenn sie, zwar kraft seiner eigenen Fantasie, aber eben doch, vor sein gepresstes Auge traten.

Zum Exempel den Asmodäus, den gelenkigen Dämon, der mit Luxus lockt. Wenn der seinen Nebeltanz zu Ende getanzt hatte, drehte er ihm den Rücken zu, hob einen Arm, als wollte er nach einem Haken im Himmel greifen, schob den Kopf unter der Achsel hindurch und grüßte mit immer denselben Worten: Meinst du, dass du Gott umsonst fürchtest? Und legte, ohne eine Antwort abzuwarten, sogleich mit den geschicktesten Wendungen auseinander, dass menschlicher Gottesglaube nichts anderes sei als Verzicht auf Genuss und zwar aus Ängstlichkeit, aus purer, purer Ängstlichkeit. Die scheinbar so fromme Inbrunst krache allerdings schon angesichts eines pekuniär gepolsterten Eherings oder eines Araberhengstes, spätestens aber angesichts einer als Besitz in Aussicht gestellten wertvollen Schriftrolle, sagen wir *De beata vita* des heiligen Augustinus, in sich zusammen wie die Mauern von Jericho, nachdem die Israeliten siebenmal um die Stadt gezogen und in die Posaunen gepustet hatten. Glaube, Inbrunst, Frömmigkeit seien die Mimikry von Duckmäusern, die ohne Mucks einen Arschtritt in Kauf nehmen, solange es nur keine Kopfnüsse hagelt. Das Reich der Ideen verpuffe unter dem ersten scharfen Blick der Vernunft; übrig blieben ein paar Tröpfchen vom Speichel der Eiferer und sonst nichts. Göttlich sei allein die Materie. Geist und Seele sollten gefälligst dem mit Händen zu Greifenden dienen und nicht Wahnbilder entwerfen, die, nehmen wir nur ihre Schönheit, nicht einmal mit einem Kieselstein konkurrieren können, ganz zu schweigen mit dessen Haltbarkeit. – Konter gegeben wurde dem Asmodäus mit dem Psalm: *Es wird dir kein Übel begegnen, und keine Plage wird sich deinem Hause nahen. Denn er hat seinen Engeln befohlen, dass sie dich behüten auf allen deinen Wegen, dass sie dich auf den Händen tragen und du deinen Fuß nicht an einen Stein stoßest.*

Anders, wenn die Kainstochter Naama erschien, die Erfinderin der weiblichen Gesichtsschminke, welche die Macht besitzt, gottgegebene und gottgewollte Hässlichkeit in verführerische Schönheit umzuwandeln. Sie kräuselte sich aus Nebel, Dampf und Qualm zusammen zu einem Weibsbild aus hartem schwarzem Onyx, glänzend wie die Spur einer Schnecke in der Sonne, geil wie zehn Meretrices und prall wie die Knidische Aphrodite auf den Bildern, die in der Klosterbibliothek unter Verschluss gehalten wurden und deren dilettantische Kopien im Seminar kursierten. Ihr erstes Wort war: Frag mich! Und immer fragte er dagegen: Was soll ich dich denn fragen, Fräulein? Sie: Sag Frau zu mir und frag mich, was die Liebe sein kann! Er: Ich will es nicht wissen. Sie: Willst sterben, ohne noch einmal den Unterschied getastet zu haben von Außen und Innen, von Haut und Schoß? – Konter gegeben wurde mit den Versen des Wüstenvaters Antonius (dessen Namen er bei seiner Einkleidung in den Orden der Minderbrüder annahm, nachdem er die *Vita Antonii* des Athanasios von Alexandrien studiert hatte): *Eine Weisheit weiß ich wohl / und bin erst kleine Zeit auf Erden: / Schaffe die Versuchung ab, / und niemand wird gerettet werden.* – Worauf die Schminke auf der Dämonenfratze schmolz und abtropfte wie Wachs über dem offenen Herdfeuer; was demonstrieren sollte, dass summa summarum ihr Aufputz nur dazu gut sei, den Himmel mit Standhaften zu füllen.

Er lag über dem harten, heißen Pflaster, das ihn von unten her austrocknete wie die Sonne von oben, und bald gelang es ihm nicht mehr, mit dem Heer seiner Gedanken über den Schmerz hinwegzugaloppieren. Der Schmerz ist einer Wanderung gleich, die führt über hügeliges Vorland und weiter durch ein Gebirge aus Klüften und Freiblicken, und nun hatte er endlich das Hochplateau erreicht, wo unerwarteter Trost war: dass es schlimmer nicht mehr kommen werde. *Aber wenn ich schon redete, so würde mich mein Schmerz nicht verschonen; hörte ich auf zu reden, so bliebe er dennoch bei mir.* Sein Leib tobte heftiger als zuvor, aber gleichmäßig nun, ohne die Ausblicke auf die grünen Täler der Hoffnung, die sich doch jedes Mal unter der Enttäuschung hämisch verfinsterten.

Antonius wollte beten, nur: Er fand die Formeln nicht; die aber wichtig waren, weil sie die Gedanken zum Galopp freiließen und ein Mönch mit ihrer Hilfe spielend leicht auch über sechs Stunden hinweg beten konnte, ohne dass er dabei stumpfsinnig wurde. Es war unmenschlich zu verlangen, wie Franziskus es getan hatte, dass der Betende, gleich, wie lange das Gebet dauere, jedes Wort durchdenke, als spräche er es zum ersten Mal. War es überhaupt der Mensch, der sprach, wenn gebetet wurde? Paulus sagte: *Denn wir wissen nicht, was wir beten sollen, wie sich's gebührt, sondern der Geist selbst tritt für uns ein mit unaussprechlichem Seufzen.* Nach Franziskus sollte sich jeder Mensch sein Gebet selbst ausdenken, denn Gott habe ja auch jeden Menschen mit einem eigenen Charakter ausgestattet, mit einem eigenen Geist und einem eigenen Herzen.

Darüber hätte Antonius gern mit seinem Ordensgründer disputiert. Als sie sich getroffen hatten, einmal nur, sprachen sie über andere Dinge. Zu einem weiteren Treffen war es nicht mehr gekommen, Franziskus starb. Sollte im Gebet, so hätte Antonius argumentiert, nicht besser eine Melodie gesehen werden, die allem unterlegt ist, was der Mensch tut, denkt, fühlt, auch seinen Träumen? Dann würde das Gebet so lange dauern, wie das Leben dauert. Und sollte es nicht genau so sein? Aber dazu waren Formeln nötig. Die Formel ermöglicht es, Worte zu sprechen, ohne ihren Sinn verstehen zu müssen, denn der Mensch hat neben dem Gebet ja auch noch zu leben, das Feld zu pflügen, die Kühe zu melken, die Schafe zu hüten, Brot zu backen, ein Dach zu decken, Leder zu gerben, Suppe zu kochen, Kinder zu erziehen, den Alten zuzuhören, lauter Dinge, zu denen der Verstand benötigt und deshalb vom Gebet abgezogen wird … – Die Formeln fielen ihm aber nicht mehr ein. Und der Geist sprach nicht. Die Worte fügten sich nicht zum Gebet, die Laute fügten sich nicht zu Worten und nicht zu einer Melodie.

Stattdessen sagte er das Alphabet auf; still für sich, so dass die Stimme gerade noch den Kehlkopf vibrieren ließ. Dies war eine tägliche Übung. Das Exerzitium des Redners. Vokale, Konsonanten, Diphthonge bildeten die Grundelemente des Sprechens; sie mussten gestochen sein, unverwechselbar wie die Seele eines Menschen, aber gemeinschaftsfähig wie sein Handeln; sie mussten geschmeidig gehalten werden, muskulös, bereit. Spielte nicht auch der beste Musikant die Tonleiter auf dem Psalterium hinauf und hinunter, und das tausend Mal am Tag, und trotzdem würde nie eine Melodie daraus werden? Schleif dein Messer, es wird keine Wurst daraus; aber wenn du es nicht schleifst, wirst du die Wurst nicht schneiden können. Seit er sich klar geworden war, dass seine Berufung die eines Rhetorikers war, eines Wortetrommlers im Dienst des Evangeliums, hatte er Übungen erfunden und diese in geheimen Notizbüchern systematisiert (das »Geheime« übrigens bestand in einer heiteren Lüge: Auf diese Büchlein schrieb er die harmlosesten Titel – *Gedanken zum Morgengebet* oder *Über die Demut* oder *Jesu Worte zur Einfalt*).

3

Er erinnerte sich an den ersten großen Schmerz in seinem Leben – man soll Gleiches mit Gleichem bekämpfen, also Schmerz mit Schmerz, Gegenwärtiges mit Vergangenem, das ja auch einmal ein Gegenwärtiges war. Er war zehn Jahre alt gewesen und hatte schon vieles gekonnt. Zum Beispiel konnte er Tiere ausnehmen. Er konnte einen toten Hasen aufbrechen und aus ihm die Gedärme und die Gallenblase herausräumen, ohne dass das Fleisch verunreinigt wurde, und er konnte ihm das Fell abziehen, so dass es zu gebrauchen war. Sein Großvater hatte ihm das beigebracht. Die Eltern kümmerten sich nicht viel um ihn, der Vater war in der Politik, die Mutter in der Kirche; sein Onkel, der Mönch, wollte ihn zu einem hageren Mönchlein zurechtfeilen, er passte ihn an jeder Ecke ab. Der Großvater behandelte ihn wie einen Mann; erzählte ihm zugleich Märlein, dies aber mit seiner Bassstimme und ohne hübsche Worte, weswegen Antonius, der damals Fernando hieß, nicht unterscheiden konnte zwischen Bericht und Gedicht und auch nicht unterscheiden wollte.

Einmal hatte ihn der Großvater wieder zur Jagd mitgenommen, hundert Männer waren sie gewesen, gegen die Wölfe ging es, die in jenen Jahren vom Norden eingefallen waren und den Bauern den Krieg erklärt hatten. Und er, Fernando, war verlorengegangen. Er war in der Reihe der Hetzer marschiert, die Lärm machten, um die Wölfe aufzutreiben und vor die Schleudern, Pfeile und Speere der Jäger zu hetzen, plötzlich war vor ihm von einer Felswand ein Junges gefallen. Für Vögel hatte er sich sehr interessiert. Er konnte fünfzig Vogelarten aufzählen, dazu die Unterarten; er bestimmte sie nach dem Flug, dem Gelege, ihrem Gesang, dem Nestbau. Es war ein kleiner Bienenfresser, schon bunt im Gefieder. Fernando kniete sich nieder und untersuchte ihn; ob er einen Flügel gebrochen oder sich das Bäuchlein aufgeschlitzt hatte, dann hätte er das zarte Ding töten müssen. Er untersuchte es mit einem Ästchen, der Großvater hatte ihm eingeschärft, junge Vögel nicht mit der Hand zu berühren, sonst würden die Eltern sie verstoßen, es röche nach Mensch, und dieser Geruch werde von den meisten anderen Lebewesen auf unserer Erde nicht geliebt. Versunken war er in seine Tätigkeit, wie er in alles versank, was ihn interessierte, und als er aufblickte, war er allein, und von der Horde war nichts mehr zu hören. Er kannte die Gegend nicht, der Großvater war mit den Jägern vorausgeritten, er auf einem der Wagen der Hetzer hinterhergefahren; und als er zusammen mit den anderen auf seiner

Ratsche lärmte, hatte er auf die Männer und Burschen um ihn herum geachtet, nicht auf den Weg. Er wusste nicht, wo er war. Er ging weiter durch die Schlucht, durch die sie gegangen waren, schließlich öffnete sich das Land, vor ihm breitete sich ein dichter Wald aus. Erst meinte er noch, die Spuren der anderen zu erkennen, bald aber nicht mehr. Der Wald war erfüllt von Geräuschen, Vogelschreie, die er nicht zu identifizieren wusste, als wäre er auf einen anderen Erdteil gerutscht, die Bäume schienen ihm höher, als er sie gewohnt war, und sie knarrten und ächzten, wie wenn verwunschene Seelen in ihnen hausten. Er fürchtete sich nicht, aber Obacht gab er schon. Er rief, ließ es aber bald sein, zu klein war seine Stimme hier. Er ging weiter, gelangte zu einer sumpfigen Senke, um die herum Schachtelhalme wuchsen, bis über seinen Kopf hinaus. Er blieb vernünftig, ihm war bang, aber Angst hatte er keine, nicht genug jedenfalls, dass er den Verstand verloren hätte, und wär's nur für einen Moment.

Er hockte sich unter einen Baum und dachte nach. Würden die Hetzer in diesen Wald gehen? Doch nur, wenn sie darin Wölfe vermuteten. Er wusste zu wenig über Wölfe. Wäre ich ein Wolf, dachte er, ich würde mich im Wald verstecken. Also musste er gewärtig sein, auf einen oder mehrere Wölfe zu treffen. Was ihn mehr beunruhigte: Niemand würde ihn vermissen, jedenfalls nicht bis zum Einbruch der Nacht. Erst dann würde der Großvater nach ihm fragen, denn es war verabredet, dass er im Zelt des Großvaters schlief. Was würde der Großvater tun? Er würde einen Trupp losschicken mit Fackeln und Laternen. Fernando hatte ein scharfes Messer bei sich, ein Geschenk des Großvaters. Damit schnitt er sich kleine Fetzen von seinem Rock, die ließ er auf seinen Weg fallen, damit man ihn finde. Er ging weiter, und als der Rock aufgebraucht war, zerschnitt er seine Beinkleider, und als die aufgebraucht waren, seine Strümpfe und seine Untersachen, zuletzt seine Schuhe. Nun war er nackt und ihm war kalt, er wollte sich hinlegen für die Nacht und sich mit Laub zudecken. Er trat auf eine Wolfsfalle, das Eisen schlug zu und klemmte seinen rechten Fuß ein. Der Schmerz war so heftig, dass er das Bewusstsein verlor. Immer wieder wachte er auf, und immer wieder raubte ihm der Schmerz die Sinne. So wurde es Nacht.

Und dann blickte er in das Gesicht seines Großvaters, und alles war gut. Der kleine Zeh seines rechten Fußes musste abgeschnitten werden. Sonst war alles gut. Der Großvater erzählte ihm die Wahrheit. Ein Trupp hatte ihn gesucht, aber nicht gefunden und war zum Lager zurückgekehrt. Die Männer waren zu müde, um noch einmal auszurücken. Da habe er sich auf den Weg machen wollen. Als er das Zelt verließ, sei ein Rabe dahergeflogen, der habe sich auf seine Schulter gesetzt und ihm mit seiner rauen Stimme zugeflüstert, wie er gehen solle. Der Rabe habe ihm gesagt, sein Freund, der Bär, habe den Knaben gefunden, er sitze neben ihm und passe auf ihn auf, denn die Wölfe seien in der Nacht unterwegs. Und tatsächlich, als er ihn endlich fand, sei neben ihm ein Bär gehockt. Der habe ihn artig gegrüßt und sich angeboten, die beiden Menschen in ihr Lager zu begleiten. Fernando sei im Fieber gewesen, und der Bär habe ihn in seinen Pfoten gehalten, und der Rabe sei vorausgeflogen und habe sie geführt. So sei es geschehen. Fernando glaubte seinem Großvater.

Fernandos Onkel, der Mönch, glaubte ihm nicht. Er trompetete überall herum, die Muselmanen hätten seinen Neffen entführt, um Geld zu erpressen für ihren schändlichen, gottverdammten Krieg. Und um ihre Entschlossenheit zu bekräftigen, hätten sie getan, was sie immer tun, etwas Böses: Sie hätten ihm einen Fußzehen abgehackt und den zugeschickt als Beweis, dass der Knabe in ihrer Gewalt sei. Und auch seinem Onkel hatte Fernando geglaubt.

4

Gegen den Schmerz zu kämpfen, sei's auch mit der Waffe der Ablenkung, wozu das Gebet durchaus gerechnet werden durfte, war eine Heldentat, immer; der Durst aber war kein Schmerz, und er durfte sich mit dessen Ruhm nicht brüsten. Der Durst war der Gier verwandt, aus derselben Familie stammte er, er war ihr Bruder, ein bisschen hübscher freilich, aber nicht weniger tyrannisch, unzugänglich und stur. *Den ganzen Tag begehrt die Gier; aber der Gerechte gibt und versagt nichts.* Was kann man dem Durst bieten außer Wasser? Er tarnt sich nicht, wie es die Gier tut, indem sie scheinheilig auf die Gerechtigkeit pocht und auf die Gleichheit aller Menschen. Und er hat auch nichts Allmähliches an sich. Der Durst ist da, und er ist grausam und trocken wie der Mast eines Schiffes, das in der Wüste gestrandet ist, und er überragt himmelweit jedes andere Zwicken im Leib, wie der Mast die Sandkörner überragt. Nicht auszudenken war der Durst, nie hatte es einen Durstigen gegeben, der sich nicht gedacht hätte: So arg habe ich ihn mir nicht vorgestellt.

Nun musste sich Antonius mit drei Plagen schlagen: der Versuchung, für eine Kanne Wasser von Gott abzufallen; der Frage, ob es überhaupt einen Gott geben kann; und, wenn nein, mit dem Gedanken, dass sein ganzes Leben für die Katz gewesen war. Und er fürchtete, auch der Hiob könnte ihm gestohlen bleiben. Was für ein Trost war denn aus dieser Geschichte zu ziehen, die uns erzählte, dass Verzweiflung und Unheil über einen Mann kommen, weil Gott mit Satan eine Wette abgeschlossen hat? Aus diesem Grund, nur aus diesem Grund!

Wer wäre nicht bereit gewesen, dem Heiligen von seinem Wasser abzugeben? Nun war Abend, und die Sonne schien schräg, ein Drittel der Piazza war im Schatten, und die Hitze hatte sich abgemildert; aber Antonius lag in der Sonne, und es wurden Vermutungen angestellt, so werde es bleiben durch die Nacht hindurch: dass Gott seinen Liebling bis zu seiner Heimholung in den Himmel im schönen, aber auch grausamen, weil ausdörrenden Sonnenlicht zeigen wolle, auch durch die Nacht hindurch; dass also die ganze Stadt, das ganze Land, die ganze Welt in Finsternis getaucht und nur auf den Heiligen ein greller Schein gerichtet sei. Das letzte Feuchte würde aus ihm ausgetrieben, viel konnte ohnehin nicht mehr in ihm sein, jeder sah die Pfütze unter der Pritsche hervor.

Der Mann hatte Durst. Er musste Durst haben. Irgendwo

hat auch ein Wunder sein Ende. Wenn sie gar nichts mitgebracht hatten aus Camposampiero, die Dreitausend, einen Schlauch mit Wasser hatte jeder bei sich, und der war schon dreimal oder viermal nachgefüllt worden, manche hatten ganze Krüge voll auf dem Rücken getragen, da mussten die Kinder nebenher gehen, das Wasser ging vor. Jeder wäre bereit gewesen, dem Heiligen von seinem Wasser abzugeben. Wasser braucht jeder Mensch, auch der heilige Mensch. Wusste jemand von einem, der in die Gemeinschaft der Heiligen aufgenommen worden wäre, nur weil er dem Durst widerstanden hatte? Niemand wusste von so einem. Eher war vorstellbar einer, der sich von Steinen ernährte, aber auch so einer, gerade so einer, würde Wasser benötigen. Wer sollte den Antonius fragen? Oder wen sollte man fragen statt seiner? Und wer sollte ihm das Wasser bringen? Wer war auserwählt, dem Auserwählten zu dienen?

Als diese Fragen schließlich einen seiner Brüder erreichten, gab er sie nicht weiter, sondern griff unter seine Kutte, unter der er einen zweiten Strick um den Bauch trug, an dem hing allerlei, was draußen nicht gesehen werden sollte, eben auch ein Wasserschlauch. Dieser Mönch, der gerade einmal sechzehn Jahre alt war und sich nach seiner endgültigen Aufnahme ins Kloster den Namen Johannes geben wollte nach dem Taufnamen des großen Franziskus, der den Orden gegründet und all das Seine von sich gegeben hatte, auch seinen Namen – dieser Milchbart verließ nun den strengen Kreis der Dreitausend und schritt langsam und schüchtern und doch harten Schritts, weil er meinte, nicht er sei der Begründer seines Entschlusses, sondern der Herr Jesus Christus selbst, der bei seinem Kreuzweg ebenfalls dankbar gewesen war, als ihm, wie die Kinderlegende erzählte, der Schuster Schemuel – *dessen Gebet Gott gehört hat* – einen Becher mit Wasser reichte, um seinen Durst zu stillen; schritt deshalb auch stolz über den Platz auf Antonius zu, der, den Kopf weit im Nacken, auf seiner Bahre lag und in den Himmel starrte, als wäre er abgemalt vom 22. Psalm: *Meine Kräfte sind vertrocknet wie eine Scherbe, und meine Zunge klebt mir am Gaumen, und du legst mich in des Todes Staub.* In der einen Hand hielt der kleine Mönch den Schlauch, in dem nur wenig Wasser war und bestimmt kein frisches und zudem ein warmes, denn unter der Kutte war es warm; die andere Hand hatte er ausgestreckt, möglichst weit weg von seinem unreinen Körper, hoffend, ein gesunder Hauch vom Himmel werde sie reinigen und segnen, denn diese wollte er dem Bewunderten auf die Stirn legen als Trost, dessen jeder Mensch bedarf in der Stunde seines Todes.

Das Gemurmel verstummte, und die Amseln waren wieder zu hören. Und als der junge Bruder so ging, habe er, wie er später zu Protokoll gab, auf einmal Schriftzeichen vor sich gesehen, goldene, die sich über das Blau des Himmels bewegten, und die hätten sich zu dem Namen gefügt, den er sich geben solle, wenn sein Noviziat beendet sein würde – eben nicht Johannes, nein, sondern: *Ferdinando*. Dies war, aus dem Portugiesischen übersetzt, der Name des Antonius gewesen bis zu seinem zwanzigsten Lebensjahr, als er in Coimbra in den Orden eintrat – und dann, so erzählte die Legende, hatte er Portugal verlassen, um nach Marokko zu fahren, damit er dort den heiligen Tod erleide wie ein paar Jahre zuvor die ersten der Minderbrüder Berard von Carbio und seine Gefährten Otho, Petrus Giminiano, Adjutus und Accursius, die den Almohaden, den Bekennern der Einheit Allahs, wie sie sich nannten, die frohe Botschaft bringen wollten und denen Sultan Miramolim eigenhändig den Schädel bis hinunter zum Adamsapfel spaltete und den Hals durchtrennen ließ, so dass die beiden Hälften, die sich nach rechts und links geneigt hatten, zu Boden fielen. Die Körper aber seien stehengeblieben, und aus den Torsi hätten die Stimmen der Märtyrer die Worte des heiligen Petrus gesprochen, wie sie uns in der Apostelgeschichte überliefert sind: *Tu Buße für diese deine Bosheit und bitte den Herrn, ob dir vergeben werden möge das Trachten deines Herzens.* Dreimal sei es, wie beschrieben, genauso hergegangen, bevor die toten Körper endlich umfielen. Sultan Miramolim aber sei an der Lepra erkrankt, die Hände seien ihm abgefallen, die Füße habe er beim Gehen verloren, die Sehäpfel seien ihm eines Nachts aus den Höhlen gekollert, die

Zunge habe er verschluckt und verdaut, am Ende seines Lebens habe er ausgesehen wie ein Korallenschwamm ... – So beseelt von der Nachfolge der Nachfolge der Nachfolge war der Novize, dass er nicht die Hand auf seiner Schulter spürte, erst als sie sich zur Faust ballte und ihn gegen das Schulterblatt stieß. Er drehte sich um und sah in das Gesicht seines Priors, und er sah, dass dieser den Kopf schüttelte.

Er solle das nicht tun, sagte der Prior, Antonius wünsche das nicht. Aber, widersprach der kleine Mönch, ob er denn seine Stimme nicht höre? Leise sei sie und schwach, aber deutlich, sogar aus dieser Entfernung. Er bitte um Wasser. Er flehe um Wasser!

Daran war nicht zu zweifeln. Antonius verdrehte den Kopf und blickte die beiden an. Seine Lippen sahen hässlich aus, waren verkrustet von braunem Speichel, und wenn er sie schließen wollte, blieben sie an den Zähnen kleben, was aussah, als lache der Wolf.

Und so rechtfertigte sich der Novize: Dass er in sich gefühlt habe, der Herr Jesus Christ erteile ihm den Auftrag, dem Antonius Wasser zu bringen. Und er wollte niederknien neben der Pritsche, auf der Antonius lag.

Der Prior aber hielt ihn wieder zurück, mit kräftiger Hand diesmal. Das hier, sagte er, sei eine Handlung Gottes, in die der Mensch nicht eingreifen dürfe, auch nicht in vermeintlicher Nächstenliebe. Und auch wenn die Stimme des Antonius nach Wasser rufe, seine Seele verbiete es ihm, und Antonius höre auf seine Seele und nicht auf seine Zunge. Man könne hier studieren, wie der Leib, der des Teufels sei, angesichts des Todes mit der Seele ringe. Ob er, der Novize, eingreifen wolle in diesen Kampf, und das zugunsten Satans? Und was den angeblichen Auftrag des Herrn Jesus betreffe, daran könne studiert werden, wie unverfroren Luzifer vorgehe; ungeniert erscheine er als Mann des Friedens oder als Mann der Barmherzigkeit.

Der Prior nahm dem kleinen Mönch den Wasserschlauch aus der Hand, leerte den Inhalt auf das Pflaster der Piazza. Er schloss den Arm um seine Schultern und führte ihn zurück zu den anderen. Hätte ihn nur der Teufel beobachtet bei seiner Tat, flüsterte er ihm zu, ehe es die Mitbrüder hätten hören können, dann wäre alles gut und er würde sich einen guten Menschen nennen dürfen, denn vor dem Teufel ist jede gute Tat eine gute Tat, in so einem Fall müsse niemand lange differenzieren; aber Gott sei es, der ihn beobachte, und heute ruhe Gottes Blick mit besonderer Sorgfalt auf diesem Ort; bestimmt geschehe zur gleichen Zeit nirgendwo ein ähnliches Wunder, und vor Gott wäre seine Tat keine gute Tat gewesen, sondern im besten Fall eine lästige, ein lästiges Sandkorn im Räderwerk der ewigen Weisheit des Ewigen. *In eines Mannes Herzen sind viele Pläne; aber zustande kommt der Ratschluss des Herrn.*

Bald nahm das Gemurmel rundum wieder Fahrt auf.

5

Erzähl, Chronist! – Erzähl uns aus seinem Leben! Wie war es, als Antonius seine erste Rede gehalten hatte? Wie war es dazu gekommen?

Antonius hatte in der Einsiedelei Montepaolo bei Forlì gelebt, siebenundzwanzig Jahre alt war er damals. Nicht weit von einer Höhle, in der die Aussätzigen hausten, hatte er gelebt, Tag und Nacht hörte er ihre Glöckchen – *Abstand halten, bim-bim-bim – Abstand halten, bim-bim-bim!* Dorthin hatte er sich zurückgezogen, um die Demut zu üben. Und um den Hochmut abzutöten.

Der Hochmut verbirgt sich hinter dem Anschein von Frömmigkeit und Ehre, aber diese Schleier sind nicht dicht genug, er blickt stets durch und will gesehen werden, denn der Hochmut übertrifft alle Schmeichler, er flüsterte ihm ein und hatte ihm, seit er denken konnte, eingeflüstert. Schon der erste Gedanke in seinem Leben, das musste er sich eingestehen, war hochmütig gewesen. Er hatte gerade laufen gelernt und gelernt, selbst aus dem Becherchen zu trinken, da hatte er in die Welt geblickt und hatte sich gedacht: Dich lerne ich kennen, zeige mir den, der dich anführt, mit ihm will ich mich messen! Er war kein schöner Knabe gewesen, zu breit geraten war er, im Becken und in den Schultern, einen zu kurzen Hals hatte er und kurze Arme und Beine. Seine Augen aber bezauberten immer. Sie waren schwarz und makellos wie die Murmelsteine der reichen Kinder, denen die Eltern nichts abschlagen wollten. Sein Mund war fest, die Lippen fertig, als wären es die Lippen eines Mannes, der Nein sagen kann, ohne in seinem Entschluss zu wanken. Wenn er sprach, blickten die Menschen auf seinen Mund; wenn er schwieg, in seine Augen. Er fürchtete, ein Kind des Teufels zu sein – wird er aus dem Wald oder aus dem Meer kommen, um sein Söhnchen abzutasten? Denn nie hatte er gehört und später in keinem Buch gelesen, dass jemals der erste Gedanke eines Kindes wie der Gedanke eines Erwachsenen gewesen wäre, noch, dass je ein Kind die ganze Welt in Augenschein genommen und zu ihr gesprochen hätte, wie Dom Afonso Henriques vor der Schlacht von Ourique, in der er die Mauren schlagen und aus Portugal vertreiben würde: *Ich sehe, was der Tod nicht sieht; ich höre, was der Tod nicht hört; über mir waltet eine Macht, die der Tod nicht kennt.*

Er war allein zu Hause gewesen, als sein Großvater starb. Er hatte gerade seit zwei Tagen seinen fünfzehnten Geburtstag hinter sich. Der Großvater hatte sich im Bett aufgesetzt, hatte mit dem langen Finger auf das Becken mit dem Wasser gezeigt, hatte den Mund geöffnet, so dass die rosa Zunge zu sehen war, und war zur Seite gefallen. Antonius kannte die Adresse des Todes. Das erhob ihn über die anderen. Aber wer noch aus dem Tod Hochmut gewinnen konnte, war der nicht tatsächlich ein Kind des Teufels?

Er war hochmütig, aber er war nicht stark.

Er hatte gebetet und hatte in der Heiligen Schrift geblättert, und es war gewesen, als führte der Heilige Geist seine Finger, denn auch wenn er die Lider schloss und mit der Klinge in den Schnitt des Buches fuhr, so oft zeigte die Messerspitze auf ein Wort aus dem Buch Hiob: *Wenn auch sein Hochmut in den Himmel reicht und sein Haupt an die Wolken rührt, so wird er doch für immer vergehen wie sein Kot, und die ihn gesehen haben, werden sagen: Wo ist er?* – Oder: *Da stand Hiob auf und zerriss sein Kleid und schor sein Haupt und fiel auf die Erde und neigte sich tief und sprach: Ich bin nackt von meiner Mutter Leibe gekommen, nackt werde ich wieder dahinfahren.* – Oder das Messer zeigte auf eine Stelle aus den Briefen des Paulus: *Deshalb, wie durch einen Menschen die Sünde in die Welt gekommen ist und der Tod durch die Sünde, so ist der Tod zu allen Menschen durchgedrungen, weil sie alle gesündigt haben.* – Oder: *Zieht an die Waffenrüstung Gottes, damit ihr bestehen könnt gegen die listigen Anschläge des Teufels. Denn wir haben nicht mit Fleisch und Blut zu kämpfen, sondern mit Mächtigen und Gewaltigen, mit den*

Herren der Welt, die über diese Finsternis herrschen, mit den bösen Geistern unter dem Himmel.

Zum Unwillen seines Vater verließ er das Haus nicht mehr. Er band sich die Hände am Gürtel fest und wanderte von einem Zimmer ins andere, als wäre er ein Pilger auf dem Weg nach Rom. *Die Furcht des Herren ist Zucht, die zur Weisheit führt, und ehe man zu Ehren kommt, muss man Demut lernen.* Er war zufrieden, als er hinter seinem Rücken die Diener und Mägde hörte, wie sie über ihn, den Wahnsinnigen, spotteten. *Lass dir an meiner Gnade genügen; denn meine Kraft vollendet sich in der Schwachheit.* Er ruhte nicht und nahm nichts zu sich außer ein paar Schluck Wasser und frohlockte, als er am Abend sah, wie ihm die Knie zitterten vor Erschöpfung. *Die Furcht des Herrn ist Zucht ... die Furcht des Herrn ist Zucht ... die Furcht des Herrn ist Zucht ...* Er legte sich auf den Steinboden vor seinem Schlafzimmer anstatt in sein weiches mit sizilianischer Seide überzogenes Bett unter eine Decke aus Damast. Er lernte die Briefe des Paulus auswendig. Dazu benötigte er gerade einmal fünf Tage. *Alle aber miteinander bekleidet euch mit Demut; denn Gott widersteht den Hochmütigen, aber den Demütigen gibt er Gnade.*

Und er wusste doch und hatte es in jedem Augenblick seiner Übung gewusst: Dies vertrieb den Hochmut nicht aus seinem Herzen, sondern ließ ihn im Gegenteil mächtiger werden: Wer außer mir kann das? Er fühlte, wie sein

Herz von seinem Schöpfer wich, und er war verzweifelt, weil er ein Exempel für das Wort des Propheten war: dass kein Kraut gegen den Hochmut gewachsen sei.

Wenn auch sein Hochmut in den Himmel reicht und sein Haupt an die Wolken rührt, so wird er doch für immer vergehen wie sein Kot, und die ihn gesehen haben, werden sagen: Wo ist er? Wie ein Traum wird er verfliegen und nicht mehr zu finden sein und wie ein Nachtgesicht verschwinden. Das Auge, das ihn gesehen hat, wird ihn nicht mehr sehen, und seine Stätte wird ihn nicht mehr schauen.

Er kniete nieder und meinte, zu Gott zu sprechen. »Was ist mir aufgetragen?«, fragte er. Aber er wusste, wusste es bei jeder Bewegung seiner Lippen: Er sprach nicht zu Gott, er sprach zu sich selbst. Vor dieser Eitelkeit ekelte ihn so sehr, dass er die Nacht im Schweinestall verbrachte.

Er trat ins Kloster ein. Mit Duldung seines Vaters. Mit dem Segen seiner Mutter. Gegen die Sorge des Großvaters, der ihn, als er noch lebte, jeden Tag davor gewarnt hatte, hinter den Dingen etwas sehen zu wollen, was mehr wäre als die Dinge selbst. Die Hand seines Onkels hatte er genommen, dieses bis zum Skelett abgefasteten Mannes, der jener Kongregation angehörte, die der heilige Norbert in Premontré gegründet hatte und die sich streng an den *Ordo monasterii* hielt, den ihm Augustinus an einem Ostermorgen auf dem Fürstenberg bei Xanten vom Himmel herab in die Feder diktiert hatte und der aus sechs Geboten bestand:

Eintracht, gegenseitiges Mahnen, Armut, Enthaltsamkeit, Unterordnung und regelmäßiges Beten.

Aber den Hochmut besiegte Antonius nicht: Lieber war ihm immer noch, er werde falscher Überzeugungen geziehen, als dass ihm schlechter Geschmack und mangelnde Intelligenz vorgeworfen würde.

6

In seinen frühen Mannesjahren, erst in Lissabon, später in Coimbra, als er sich in die weiße Kutte der Augustiner Chorherren hüllte, hatte sich zum Hochmut noch der Übermut gesellt, und im Speisesaal, wenn abgetragen war und die Brüder die Stunde des gegenseitigen Mahnens begingen, hatte er bisweilen, und das nur, um in die verdutzten Gesichter zu sehen - nein, um sich an ihnen zu weiden! -, die unsinnigsten Thesen aufgestellt, diese aber mit einer Mauer aus Argumenten so geschickt abgesichert, dass sie vom Verstand als Wahrheiten akzeptiert werden mussten, weil der Logik, die zu ihnen hinführte, auf keiner Stufe widersprochen werden konnte. Vorwürfen seines Vorgesetzten, des Abtprimas Amarildo, er verwirre seine Mitbrüder und Verwirrung verdüstere die Wahrheit, begegnete er lässig mit einer Sentenz des heiligen Augustinus, der zu widersprechen in dieser Gesellschaft undenkbar war: *Der Verstand schafft die Wahrheit nicht, er findet sie vor.*

Die Brüder liebten ihn nicht - was hieß: Sie hassten ihn. Sie gingen ihm aus dem Weg. Wenn sie ihm im Schatten unter den Arkaden begegneten, drehten sie auf den Fersen um oder überquerten den Innenhof oder zogen sich die Kapuzen über den Kopf. In seinem Gemüsefach fand er eine handtellergroße Spinne, sein Handtuch beim Brunnen war von den Neidern in Kot getaucht worden. Der Abtprimas fragte ihn, was eine Wahrheit wert sei, die solche Reaktionen hervorrufe. Antonius, der damals noch Fernando hieß, antwortete wieder mit einem Ausspruch ihres Ordensheiligen: *Keiner von uns sage, er habe die Wahrheit schon gefunden. Lasst sie uns vielmehr so suchen, als ob sie uns beiden unbekannt wäre.*

Zugleich bewunderten sie ihn; und wäre einer neben ihnen gestanden, der die Seele der Menschen kennt bis tief hinunter – nicht zu ihrem Urgrund, dorthin kann nur Gott schauen –, der hätte geurteilt, der Hass sei nichts anderes als hoffnungslose Bewunderung, wohnt doch jeder gesunden Bewunderung die Hoffnung inne, einmal wenigstens, und sei's nur für eine halbe Stunde, mit dem Idol von Auge zu Auge, von Ohr zu Ohr zu verkehren und dem Engelsgleichen »Gesundheit« zu wünschen, wenn er niest, und sich mit ihm über so kleine Dinge wie die Lästigkeit einer Erkältung zu unterhalten und hinterher zu Freunden sagen zu können: Nein, er ist ein Mensch, er hat Sommersprossen und ein Zahn sitzt ihm schief wie bei dir und die Haare gehen ihm aus wie deine. Aber was, wenn man sich nicht einmal getraut, ihm ins Gesicht zu blicken? Dann sieht man eben nichts; dann sieht man nicht die Sommersprossen und den schiefen Zahn und auch nicht den hohen Haaransatz.

Der Abtprimas wusste nicht, ob er ihn ebenfalls hassen oder ob er ihn lieben sollte, und er meinte, dies sei keine Entscheidung seines Herzens, sondern seines Willens. Dieser junge Mann brachte das Leben der Brüder und brachte auch sein Leben in Unordnung, das war für die Gemeinschaft nicht förderlich; zugleich erschien ihm diese Art der Unordnung in einer Zeit der Unordnung eben doch förderlich zu sein, denn Unordnung gegen Unordnung musste zur Ordnung führen.

Er bat Fernando um eine Aussprache unter vier Augen. Nicht in den Räumen des Klosters, auch nicht auf den Feldern oder in den Wäldern, die zum Kloster gehörten, sollte diese Aussprache stattfinden, und es sollte kein Geplauder werden, sondern es sollten die Regeln gelten, die er, der Abtprimas, vorgab.

Sie wanderten am Mondego entlang, hinaus aus der Stadt, und der Abt gebot Fernando zu schweigen, bis sie die Fischer hinter sich gelassen hätten; er befahl ihm, langsam zu gehen, er wusste, dass es der junge Pater immer eilig hatte. Er brauche sich im Leben nicht zu beeilen, sagte er, die Gedanken seien in jedem Fall schneller als die Beine, es habe also keinen Sinn, ihnen nachzulaufen, außerdem seien die schnellsten Gedanken nicht die frömmsten;

Moses zum Beispiel, das dürfe aus dem Pentateuch herausgelesen werden, sei ein ausgesprochen träger Denker gewesen, sein Bruder Aaron hingegen ein hurtiger – wer aber sei der Größere von den beiden?

Der Abt ahnte, wie Fernando zu knebeln war, er spürte es, als steckte er in seiner Haut. Gewiss war er sich nicht, ob er es gut mit ihm, seinem Schützling, meinte, nämlich, um ihn auf den rechten Weg zu führen, oder ob er es böse mit ihm meinte, weil er den Arroganten endlich gedemütigt, den Überlegenen endlich unterliegen sehen wollte. Und wenn Letzteres der Fall wäre? Das Gute bediente sich der Methoden des Bösen, um das Böse zu knebeln. Bei Jesaja spricht der Herr: *Ich selbst habe den Verderber geschaffen, um zugrunde zu richten.* Was und wen zugrunde zu richten? Doch nur das Böse, den Bösen, den Verderber, das Verdorbene.

Abtbruder Amarildo war der Meinung, Gott habe das Böse geschaffen, um das Böse zu knebeln und am Ende der Zeiten, nach der Aufzehrung des Äons, zu vernichten. Nur aus diesem Grund habe er das Böse geschaffen. Der offensichtliche Kurzschluss dieses Gedankens ließ ein Rätsel aufblitzen, ein Mysterium, dem er sich schon seit vielen Jahren widmete. Viele hundert Seiten hatte er vollgeschrieben mit seinen Überlegungen zu Fluch und Segen, mit Uneindeutigem zu leben – und das, obwohl ihm das Schreiben ein Martyrium war und es ihm, weil sich seine Finger an den Griffel klammerten wie an den sprichwörtlichen Strohhalm, die Gicht eingebracht hatte.

Seine Meditationen waren zwischen diese beiden Pole gespannt – die Frage: Wie kommt das Böse in die Welt?, und die Antwort: Gott hat es erschaffen. Das weite Feld dazwischen musste beackert werden. Musste! Von der Haltbarkeit des Argumentationsnetzes hingen das Glück und das Heil des Menschen ab! Als Werkzeug dienten ihm neben der Heiligen Schrift die Werke des heiligen Augustinus. Amarildo hielt sich für einen der gebildetsten Menschen seiner Zeit, wenngleich nicht für einen der belesensten. Unter Bildung verstand er Disziplin, Abhärtung und Verzicht auf Flausen, die sein Ich forderte. Er hatte spät lesen gelernt, er fuhr mit dem Finger die Zeilen nach und fand stets Gründe, im Refektorium nicht laut vorlesen zu müssen; für eine Seite benötigte er mehrere Stunden, wenn er sie verstehen wollte.

Er war fünfzig Jahre alt, hatte also dreißig Jahre Vorsprung vor Fernando; und dennoch führte sich dieser auf, als hätte er ihn längst um Erzengelsflügelschläge überholt. Das schmerzte. Zugleich aber erhob es ihn. Er hielt das Zusammentreffen mit diesem überintelligenten, übereloquenten Kind – er hatte die Augen eines Kindes, und von den Augen kannst du das wahre Alter eines Menschen ablesen –, er hielt die pure stumme Anwesenheit dieses merkwürdigen Menschen für eine Prüfung und für eine Gnade, eine harte Prüfung und eine bittere Gnade zwar, womöglich war es ein himmlischer Zuruf, den Neid zu besiegen, die Galle der Seele, die man sich nicht einzugestehen wagt, eher würde man mit einem Verbrechen prahlen – und immerhin war es auch eine Gelegenheit, an der Begabung des anderen zu partizipieren, sich zu bilden.

Also trug er dem Schweigenden, der neben ihm ging, seine Gedanken vor. Warum hat Gott das Böse erschaffen? Warum hält er es jederzeit präsent? Warum erhob sich sogar hinter den Kindlein sein Schatten? Warum provoziert Gott, indem er den Menschen allen erdenklichen Nöten und Versuchungen aussetzt, die das Ungute in ihm zu Tage fördern?

Sie waren nun weit draußen, wo kein Weg mehr am Wasser entlang verlief. Der Abt trat mit seinen Sandalen die Sträucher nieder und trampelte einen Platz frei, wo sie sich hinsetzen konnten. Hier waren Wackersteine, über die das Moos wuchs; darauf setzten sie sich. In ihren weißen Kutten sahen sie aus wie zwei Schwäne, die sich im Unterholz versteckten, was ihnen aber nicht gelang, denn Schwäne sind auf der Welt, damit alle Welt sie sähe.

»Antworte mir erst«, sagte Amarildo, »wenn ich es dir erlaube! Willst du das?«

Fernando nickte.

»Gott disputierte mit Satan über Hiob«, fuhr er fort, und stolz zitierte er aus dem Gedächtnis: »*Hast du acht auf mei-*

nen Knecht Hiob gehabt? Denn es ist seinesgleichen auf Erden nicht, fromm und rechtschaffen, gottesfürchtig und meidet das Böse und hält noch fest an seiner Frömmigkeit; du aber hast mich bewogen, ihn ohne Grund zu verderben. Warum hat er das getan? Es hört sich an, als wünschte er sich, dass Hiob sündige. Warum hatte er sich von Satan das einreden lassen?«

Fernando wollte antworten, aber der Abt gab ihm die Erlaubnis nicht. »Satan hat Hiob alles nehmen dürfen, das Vieh, die Knechte, seine Söhne und seine Töchter, seine Freunde. Nur ihn selbst sollte er unversehrt lassen. Das aber genügte Satan nicht, und er hetzte weiter: *Haut für Haut! Und alles, was ein Mann hat, lässt er für sein Leben. Aber strecke deine Hand aus und taste sein Gebein und Fleisch an: Was gilt's, er wird dir ins Angesicht fluchen!* Und wieder lässt sich Gott auf den Bösen ein, den Hundling, den verdammten: *Der Herr sprach zu dem Satan: Siehe da, er sei in deiner Hand.*«

Noch drei weitere Stellen aus dem Hiob konnte der Abt auswendig – nach allgemeiner Meinung trug er besonders eindrucksvoll den Schluss vor; dann den Psalm Davids, als er vor seinem Sohn Absalom floh; des weiteren den Beginn des Johannesevangeliums bis ... *wahrlich, wahrlich, ich sage euch: Ihr werdet den Himmel offen sehen und die Engel Gottes hinauf- und herabfahren über dem Menschensohn*; die Passionsgeschichte nach Matthäus von *Und als sie ihn verspot-*

tet hatten, zogen sie ihm den Mantel aus … bis *Wahrlich, dieser ist Gottes Sohn gewesen*; selbstverständlich konnte er das berühmte Gedicht aus dem ersten Korintherbrief des Paulus hersagen und natürlich die Schöpfungsgeschichte – die ihn als junger Mönch bodenlos verwirrt hatte, weil auf kleinem Platz Gott nicht nur in zwei verschiedenen Namen auftrat, als JHWH und Elohim, und letzterer, wie er sich von einem Juden hatte übersetzen lassen, ein Pluralwort war, das »die Götter« bedeutete, sondern auch, weil hier offenbar zwei verschiedene Geschichten erzählt wurden, die einander widersprachen: Am ersten Tag erschafft Gott das Licht, aber erst am dritten Tag die Sonne – … *und Gott machte zwei große Lichter: ein großes Licht, das den Tag regiere, und ein kleines Licht, das die Nacht regiere, dazu auch die Sterne*; einmal wird berichtet, der Mensch kam am fünften Tag in die Welt – … *und Gott schuf den Menschen zu seinem Bilde, zum Bilde Gottes schuf er ihn; und schuf sie als Mann und Frau* … –, aber als die Schöpfung nach dem siebten Tag beendet war, heißt es im Buch weiter: *Und alle die Sträucher auf dem Felde waren noch nicht auf Erden, und all das Kraut auf dem Felde war noch nicht gewachsen. Denn Gott der Herr hatte noch nicht regnen lassen auf Erden, und kein Mensch war da, der das Land bebaute; aber ein Strom stieg aus der Erde empor und tränkte das ganze Land. Da machte Gott der Herr den Menschen aus Staub von der Erde und blies ihm den Odem des Lebens in seine Nase. Und so ward der Mensch ein lebendiges Wesen.* – Inzwischen wertete er solche Widersprüche nicht als Widersprüche, sondern als Rätsel und Mysterien, die dem Menschen gesandt wurden, damit er sich mühe, und um ihn zugleich auch davon in Kenntnis zu setzen, dass er trotz seiner Mühen niemals alles werde verstehen können und bis an sein Ende arm im Geiste bleiben werde; weswegen allzu ambitioniertes Bestreben Sünde ist. – Der Abt war sehr stolz auf seine Kenntnis der Bibel und auf seine Gedächtniskunst und besonders auf seine lebenslangen Gedanken; er war demütig, weil er sich sagte, dies ist ein Geschenk an einen Unwürdigen, und er war stolz, weil er dieser Unwürdige war, dem dies geschenkt wurde.

»Der Böse ... denke ich mir ... wer ist das ... ich möchte glauben, das ist niemand ... Satan ist nur ein Name, verstehst du, Fernando. Er ist der Name für das Nichts ... das eigentlich keinen Namen haben kann ... Hätte es einen Namen, wäre es nicht das Nichts. Habe ich recht damit? Satan ist ein Sinnbild ... mehr ist er doch nicht. Ich denke mir das so: Das Nichts ist dort, wohin Gott nicht schaut ... und wohin Gott nicht schaut, dort ist das Nichts. Logisch ... ist der Mensch böse, wenn er sich von Gott abwendet. Wohin aber Gottes Auge fällt, dort blüht die Schöpfung. Gott ist eine Himmelsrichtung ... die Richtung zum Himmel hin, das will ich glauben ... Von wem Gott sein Auge abwendet, der geht verloren, er geht verloren im Nichts. Es ist leichter, ein Blütenblatt im Ozean wiederzufinden als eine verlorene Seele im Nichts. Aber wer sucht eine verlorene Seele? Wer findet sie? – So lautet das Ergebnis meines Nachdenkens seit dreißig Jahren: Das Böse ist das Nichts. Die böse Seele geht im Nichts verloren. Was hältst du davon, Bruder Fernando?«

Abt Amarildo lächelte – ernst, flehentlich, leer. Bevor Fernando antworten konnte, fuhr er schnell fort: »Du, mein Bruder, bist du berufen, auf die Seelen achtzugeben, die sich zum Bösen neigen? Bist du berufen, sie zu suchen, wenn sie verlorengehen? Bist du der Mann, der Verlorenes wiederfindet? Dann kannst du unterscheiden zwischen Gut und Böse. Ich kann es oft nicht, Bruder Fernando, ich kann es oftmals nicht …«

Fernando sah ihn lange an, ein träger Blick unter trägen dunklen Lidern, schließlich sagte er: »Ich finde nicht die richtigen Worte. Deshalb möchte ich sie mir bei unserem Augustinus ausborgen. Der schreibt in seinen Bekenntnissen: *Doch dann sagt ich mir wieder: Wer hat mich denn erschaffen? War's nicht mein Gott, der nicht nur gut, nein, der das Gute selber ist? Woher nun kommt es mir, dass ich das Böse will, das Gute nicht will? Nur dass ein Grund sei, dessentwegen mich gerechte Strafe treffe? Wer hat sie denn in mir gesäet und gepflanzt, die Blüte dieser Bitternis, da ich doch ganz von dir geschaffen bin, du Gott der vollen reifen Süßigkeit? War es der Teufel, woher denn war der Teufel? Und wenn der selber nur durch schlechten und verkehrten Willen vom guten Engel einst zum Teufel wurde, woher denn kam in ihm der böse Wille, der ihn zum Teufel machte, da doch der ganze Engel einst so gut erschaffen war vom einzig ewig guten Schöpfer? – Und solcherlei Gedanken wieder drückten mich zu Boden und benahmen mir die Luft. Doch ward ich nicht hinabgeführt zu jener tiefsten Hölle allen Irrtums, dass ich geglaubt, dass eher Böses du erlittest, als dass der Mensch es tue.«*

Da entschied sich nun auch der Abtprimas, Fernando zu hassen, und er hasste ihn umso mehr, als er ihn nun auch noch in die Sünde des Hasses und des Neides getrieben hatte. Und zugleich bewunderte er ihn, als wäre er nicht von dieser Welt.

Nachts in seiner Zelle stach er mit dem Messer in das Buch des heiligen Augustinus, und die Klinge suchte und fand, was sie immer sucht und immer findet – Schmerz:

Groß ist die Macht des Gedächtnisses. Welch schauerlich Geheimnis, mein Gott, welch tiefe, uferlose Fülle! Und das ist die Seele, und das bin ich selbst! Was bin ich also, mein Gott? Was bin ich für ein Wesen? Ein Leben, so mannigfach und vielgestalt und völlig unermesslich! Mein Gedächtnis, siehe, das sind Felder, Höhlen, Buchten ohne Zahl, unzählig angefüllt von unzählbaren Dingen jeder Art ...

Er musste denken, nichts anderes musste er von nun an Tag und Nacht denken, nichts anderes als: Und was bin *ich*? Was bin *ich* für ein Wesen? *Ich*! Ein Leben, gar nicht mannigfaltig, gar nicht vielgestalt und spielend leicht abzumessen, weil eng, klein, leicht, unbedeutend, arm; es ist nicht wahrscheinlich, dass ich mitgezählt wurde, es ist nicht gewiss, ob meine Gebete erhört werden, es ist nicht zu erwarten, dass ich wiedererkannt werde beim Jüngsten Gericht, auch wenn ich noch so viele gute Werke vorzuweisen hätte.

Er war ein Mensch, der sich selbst nicht mehr verachten konnte - und hatte noch so lange zu leben!

7

Antonius verfügte über ein außerordentliches Gedächtnis, und es war noch außerordentlicher, als es sich der Abtprimas fantasierte; die *Confessiones* des Augustinus habe er in ihrer ganzen Länge auswendig rezitieren können wie die Briefe des Paulus, ebenso die Überlegungen des Heiligen zur Sprache und zur Unsterblichkeit der Seele. Er las auch den Aristoteles und lernte große Teile seiner Ethik auswendig und tat dies ohne schlechtes Gewissen – und ohne seinen Abt um Erlaubnis zu fragen. Hätte er gefragt und eine abschlägige Antwort erhalten, woran nach ihrem Spaziergang nicht zu zweifeln war, dann wäre er vor dem Konflikt gestanden, entweder zu gehorchen und den griechischen Philosophen nicht studieren zu dürfen, oder mithilfe des großen Heiden Gottes Schöpfung und Willen zwar besser begreifen zu können, dafür aber die Ordensregel zu brechen. Zu gehorchen war ein Gebot der Regel, um Erlaubnis zu fragen nicht – also fragte er nicht um Erlaubnis.

Er betete, fastete, schwieg und demütigte sich vor den Brüdern, dass es denen schon lästig wurde. Und er nahm es auf sich, lästig zu sein, es stachelte sogar eine Lust in ihm auf, er setzte Güte als List ein, einerseits, um die Brüder zu tyrannisieren, andererseits, um sie fernzuhalten. Und war betrübt und fast ohne Hoffnung, jemals in den Geschäften des Tages den Anforderungen der Ordensregel und seinem Gewissen zu genügen. Was für Bescheidenheit galt, war oft ein Zusammenwirken von Eitelkeit, Trägheit, Desinteresse am anderen und Furcht, den Neid auf sich zu ziehen.

In der Nacht aber las er. Aristoteles gab praktische Anweisungen: Wähle die Mitte! Mäßigung liegt zwischen wollüstiger Leidenschaft und stumpfem Glotzen, Großzügigkeit zwischen Verschwendung und Geiz, Tapferkeit zwischen Tollkühnheit und Feigheit. Hochmut nicht, aber auch nicht Selbstverachtung führten zu einem guten Leben. Wenn der Mensch sich selbst verachtet, verachtet er Gott, der ihn nach seinem Ebenbild erschaffen hat; wenn er hochmütig ist, verengt sich sein Blick und lässt zur Nebensächlichkeit verblassen, was nicht unter der Knute des eitlen Ich steht. Nur die Tugend, predigte Aristoteles, kann das Werkzeug sein, um im guten Leben das Glück zu verwirklichen. Und das Glück gehört nie einem allein. Wenn du glücklich bist, vermehrst du das Glück auf Erden.

Auch den Avicenna las er, den persischen Gelehrten, und den Averroës, den Araber, der von Gott ausgewählt worden war, dem christlichen Abendland den Aristoteles zurückzubringen, was die christlichen Gelehrten zum Kopfschütteln brachte und empörte, denn Ibn Ruschd, wie sein Name richtig lautete, war wie Avicenna Ismailit. Niemandem war eine Antwort eingefallen, warum Gott ausgerechnet zwei Vertretern der Religion des Schaitan solche Bevorzugung erwiesen hatte, außer eben dass sie Schriftgelehrte gewesen waren, was nun auf doppeltes Unverständnis traf, hatten die Schriftgelehrten im Evangelium doch den schlechtesten Ruf. Niemals hätte der Abt seinem Schützling erlaubt, den Avicenna und den Averroës zu lesen, auch wenn sie von ihrem Spaziergang als Freunde zurückgekehrt wären. Auf einer seiner Reisen nach Spanien hatte Antonius in den Bibliotheken von Córdoba die Schriften der beiden Gelehrten gefunden und sich über viele Wochen in sie vertieft. Er glaubte, nie Worte von größerer Weisheit gelesen zu haben; aber auch nicht Worte von größerem Schmerz. Aber war er durch diese Lektüre weiser geworden?

Es war nicht so gewesen, dass er von den Überlegungen seines Abtes unbeeindruckt geblieben wäre. Im Gegenteil. Beschämt hatte er sich eingestehen müssen, er hatte die Geschichte von Hiob bis dahin gelesen, wie ein Kind einer Geschichte folgen würde: ohne nachzudenken. Die Fragen des Abtes hatten eine Wunde in das Herz des Antonius gerissen, die bis zu seinem Tod nicht mehr verheilte. Er las das Buch Hiob noch einmal, und ihm war, als läse er es zum ersten Mal. Sein Gesicht wurde kalt, und er atmete klein: Wie hatte er übersehen können, was hier stand, deutlich und ohne auch nur den Versuch einer Verschleierung? Hiobs Glück war vernichtet worden wegen einer Wette zwischen Gott und dem Teufel! Wegen einer Wette! Weil Satan Gottes Eitelkeit gekränkt hatte, als er bezweifelte, ob Hiob im Innersten seinem Herrn treu war, und nicht nur deswegen, weil ihm sein Herr frei Haus alles gab, was zu kriegen war, Vieh, Land, Knechte und Mägde, Kamele, Söhne und Töchter, Freunde. War nicht die ganze Geschichte ein skandalöses Ärgernis? Er hätte gern mit den Brüdern darüber gesprochen. Aber wenn er im Kolloquium aufzeigte, weil er das Wort ergreifen wollte, wandten sie sich von ihm ab, verließen das Refektorium und wurden dafür nicht bestraft, wie es die Regel eigentlich vorsah.

Er konnte den ganzen Augustinus hersagen, der sich die gleichen Fragen stellte; aber er hatte die Sätze des Heiligen nur nachgeplappert, wortwörtlich zwar, wozu kein anderer in der Lage war – nur dass er keinen seiner Gedanken wirklich verstanden hatte. Das Gestammel des Abtes hatte ihn darauf aufmerksam gemacht, dass Worte mehr waren, mehr sein konnten, mehr sein sollten, mehr sein *mussten* als hübsche Ringlein, geschmackvolle Kettchen und raffiniertes Parfum, die glänzten und schmückten und dufteten und äußeren Reichtum anzeigten, vielleicht aber nur, um innere Armut zu verbergen. Nicht der meistbelesene Avicenna, nicht der allgebildete Averroës, auch nicht der antike Denkriese Aristoteles oder der barmherzige Meisterdialektiker Scottus Eriugena hatten seinen Kopf zurechtgerückt, sondern der bescheidene Abt seines Klosters, dem er nicht mehr zugetraut hätte, als dass er seine Kutte sauber hielte.

Ein bisschen Demut hatte Antonius damals gelernt - aber ohne den Hochmut abzustreifen. Er wusste, er hatte den Bruder Abt gekränkt; aber er brachte es nicht über sich, ihn um Verzeihung zu bitten. Nicht nur einmal war er vor seiner Zellentür gestanden, den Zeigefinger schon gekrümmt, und hatte doch nicht angeklopft.

Hier konnte er nicht bleiben. Er fühlte sich bei den Augustiner Chorherren durchaus wohl; aber weil er gefürchtet und beneidet, nicht weil er geliebt wurde. Und in ihm leuchtete die Warnung auf, die sein Großvater ausgesprochen hatte: dass es größerer Tugenden bedarf, das Glück zu ertragen als das Unglück.

8

Er trat über zu den Franziskanern. Er fastete und betete zehn Stunden am Tag und geißelte sich und bewarf sein Gesicht mit spitzen Kieseln und aß Disteln, die seinen Rachen verletzten, so dass er nur mit Mühe sprechen konnte, und las und schrieb nicht eine einzige Silbe mehr. Er traf Franziskus, und der Poverello von Assisi gab ihm die Antwort. Auch er zitierte den heiligen Augustinus: *Der Mensch ist nicht nach dem zu beurteilen, was er weiß, sondern nach dem, was er liebt.* – Er meinte, nun endlich nicht mehr auf der Flucht zu sein vor Aufgaben, die sein Eigenstes und Bestes forderten.

Antonius bat, sich nach Montepaolo in die Einsiedelei zurückziehen zu dürfen, »um die Demut zu üben und die Liebe kennenzulernen«. Dies waren seine Worte gewesen, und das Herz hat ihm wehgetan, denn was die Liebe war, glaubte er zu wissen – aber sicher hatte Franziskus etwas anderes darunter verstanden; eine andere Art der Liebe …

Er bat darum, die niedrigsten Arbeiten ausführen zu dürfen. Er kehrte die Böden, trug die Abfälle hinaus, putzte die Latrinen, wusch den Brüdern die Füße, raspelte ihnen die Hornhaut von den Fersen und schnitt ihre Tonsuren. Wenn er Antwort gab, dann leise und mit gesenktem Kopf und in einfachen kurzen Sätzen. Nie widersprach er.

Einen gab es, einen Spaßvogel, der hielt ihn gern zum Narren: »Geh, Antonius, schau oben in deiner Zelle nach, ob du dort sitzt und auch wirklich betest und nicht nur tust als ob!«

Da stand er auf und ging in seine Zelle und kam zurück und meldete, er habe sich dort nicht angetroffen, und senkte den Kopf, wenn der Spaßvogel ihn auslachte. Er war erzogen worden, die Hirnlosen zu bemitleiden oder zu fürchten, nun hatte er gelernt, ihnen nicht zu widersprechen. Bald lachte ihn der Spaßvogel nicht mehr aus; im Gegenteil, er verbot jedem, es zu tun.

Den Brüdern war er unheimlich; sie wussten, dass er aus einer wohlhabenden lusitanischen Familie stammte, in der man gewohnt war zu befehlen; sie wussten, dass er nicht nur ein Bruder war wie sie, sondern ein Priester, und dass er in den berühmten Universitäten Coimbra, Toulouse, Montpellier und Bologna studiert und sogar gelehrt hatte.

Um Pfingsten wurden in der Kirche San Mercuriale in Forlì zwölf Priesteramtskandidaten geweiht. Der Bischof entschied, die Franziskaner sollten aus ihren Reihen einen auswählen, der die Predigt halte. Bruder Graziano, den

Superior, hätten alle gern auf der Kanzel gesehen, aber der Bischof wollte es nicht, und Bruder Graziano wollte auch nicht. »Brüder, denkt nicht, weil ich zuhören kann, ich könne deswegen auch sprechen«, sagte er. »Auch wenn ich mich nicht mit Moses vergleichen darf, vergleiche ich mich doch mit Moses, er war ein Stammler, wie ich einer bin, aber er hatte Aaron an seiner Seite. Einen Aaron müssen wir finden.«

Zuerst verhandelte der Bischof mit den Dominikanern; die zeigten sich interessiert, lehnten jedoch knapp vor dem Termin ab – offen sagte ihr Provinzial, es sei ein Affront, an zweiter Stelle nach den Kapuzinern gefragt zu werden, außerdem passe ein Dominikaner nicht auf eine Kanzel, auf der ein Minderbruder Platz habe. Die Franziskanerbrüder waren empört über die Arroganz des Schulordens. Aber Pater Graziano und Bischof Riccardello Belmonti lächelten still in sich hinein. Sie beide hatten das kleine Theater inszeniert. Sie hatten nämlich einen Plan.

Matteo Graziano erzählte ein Jahr nach dem Tod des Antonius dem Chronisten Thomas von Celano, der die *Vita prima S. Francisci* geschrieben hatte und nun über der *Vita prima di S. Antonio* saß, er und der Bischof hätten in derselben Nacht ein und denselben Traum gehabt, dass nämlich der heilige Hieronymus ihnen erscheine und an sie den Auftrag erteile, dem Bruder Antonius die Rede bei der Priesterweihe anzuvertrauen. Wörtlich gleich habe der Heilige dem Superior und dem Bischof erzählt, er selbst habe am Hochmut gelitten, der dem Menschen wie ein Geschwür aus allzu viel Bildung ins Gehirn wachse, da seien die Engel gekommen und hätten ihn ausgepeitscht, und das habe ihm gutgetan.

Bischof und Superior wussten Bescheid über die Vergangenheit des »Portugiesen«, wie Antonius im Kloster genannt wurde, sie waren von ihren Spionen sehr genau darüber informiert worden, was die Augustiner in Lissabon und Coimbra von ihm hielten; wussten aber auch, dass er einen langen, schweren Kampf gegen Hochmut und Übermut hinter sich hatte; anerkannten, dass sich Antonius in die Einsiedelei zurückgezogen hatte, um in sich zu gehen und die Demut und die Liebe zu lernen.

Der Bischof befahl ihm, die Predigt am Pfingsttag zu halten, und Antonius gehorchte. Eine Nacht hatte er Zeit, sich vorzubereiten.

Also sag's uns endlich, Chronist! Wie war es gewesen, als er seine erste Predigt hielt?

Der Beginn war ein Stammeln, eindrücklicher, als es sein Superior zustande gebracht hätte, und nicht weniger inbrünstig als vor Jahren sein Augustinerabt an jenem Nachmittag unten am Ufer des Mondego. Er sah die Worte vor sich, und er sah sich selbst, wie er auf einer Anhöhe am

Rand eines neblichten Feldes stand und den Worten nachschaute, die im Brodem verschwanden wie die Wildgänse; und weil gerade jene Worte, die er so sorgfältig vorbereitet hatte, die seine Rede mit ihren Flügeln hätten in Schwung bringen sollen, als erste sich auflösten, hielt er inne und wandte sich an die Gläubigen, die ihre Gesichter zur Kanzel emporreckten, und nach einer langen Pause sagte er:

»Die Worte schwinden mir, und mir ist, als würden mir gleich die Sinne schwinden. Wenn ihr die Nähe Gottes spürt und ihr ihm eilig ein Gebet zurufen wollt, das allein euer eigenes Gebet ist, und ihr die Worte nicht findet ... kennt ihr diesen Schmerz in der Brust? Ihr kennt ihn. Und so geht es mir jetzt. Das Heilige ist unter uns, und es ist im Begriff, sich den segnenden Händen unseres Bischofs anzuvertrauen ... Gern würde ich meine Rede hier schließen und beteuern, die wahrhaft aufrichtige Predigt wäre Schweigen und Augenschließen; aber mein Gewissen sagt etwas anderes. Es sagt: Feigheit wäre das. Es sagt: Bekenne! Bekenne, dass du der am wenigsten Begabte bist. Dass du *ausgewählt* wurdest, weil du nicht *auserwählt* bist. Weil du Beispiel geben sollst für die Kleinheit des Menschen. Denn erst, wenn der Mensch sich seiner Kleinheit gewärtig ist und wenn er bereit ist, sie anzunehmen, füllt er seinen Platz in der Schöpfung aus ...«

Schon war er in Versuchung zu rufen: Ich, ich bin der Kleinste, der Geringste unter euch! Aber das hätte ihm als

Hoffärtigkeit ausgelegt werden können, wo doch der heilige Paulus diesen Adelstitel für sich in Anspruch genommen hatte, als er sich vom Saulus abkehrte und den Namen Paulus wählte, was »der Kleine« heißt ... – Aber dieser Gedanke kam nicht allein; unter dem hähernen Gewand der Bescheidenheit ging der Bote eines größeren, eines wahrlich hochmütigen Gedankens: Petrus war der Fels, auf dem Jesus seine Kirche erbaut hat; Paulus war der Baumeister – ist nicht Franziskus der neue Petrus, der neue Fels, auf dem die neue Kirche errichtet werden soll? Dann aber bist du, Antonius, der neue Paulus, der Baumeister der neuen Kirche. Und diese neue Kirche wird aus deinen Worten gebaut werden, wie die alte Kirche aus den Worten des Apostels Paulus gebaut worden war.

Da war ihm, als sähe er wieder sich selbst, diesmal nicht am Rand eines Feldes stehen, sondern auf der Kanzel, wo er ja auch tatsächlich stand, auf der Kanzel der Kirche San Mercuriale mit den groß geziegelten Mauerbögen und dem ovalen Fenster über dem Altar wie ein Auge ohne Apfel. Er predigte zu sich selbst und zu sonst niemandem, hörte sich selbst zu und sonst niemandem – war von sich selbst entzückt und von sonst niemandem. Seine Worte folgten keiner rhetorischen Schule, sie ließen sich nicht binden von der Dreieinigkeit aus Ethos, Logos und Pathos. Er sah nicht unter sich die Frauen mit den weißen Hauben in den Kirchenbänken hocken, er roch nicht den Geruch der Männer nach Wein und Trog. Mitleid und Liebe überkamen ihn; wie eine Mutter sprach er, wie zu einem Kind sprach er; wie ein Vater sprach er, wie zu einem erwachsenen Sohn sprach er. Aber Mitleid und Liebe galten niemandem außer sich selbst. Mitleid, weil er nun wusste, dass er sich nie, nie, nie vom Hochmut und dessen koketter Schwester, der Eitelkeit, würde befreien können; Liebe, weil er so viel, wie davon in sein Herz passte, retten wollte hinunter in die Ewigkeit der Hölle. Er sprach zu sich selbst, als wäre er allein auf der Welt übriggeblieben. Der Herr hatte ihm ein Talent gegeben, er würde es vermehren, aber nicht dem Herrn zurückgeben, sondern Feste feiern und das Gute an gutgläubige Narren und Speichellecker verteilen. – Das war eine schwere Sünde, das wusste er. *Eine Welt voll Ungerechtigkeit ist die Zunge unter unsern Gliedern: Sie befleckt den ganzen Leib und setzt das ganze Leben in Brand und ist selbst von der Hölle entzündet.*

Als er geendet hatte, war es still in der Kirche; sogar die Ziegen standen starr wie Statuen. Die Fliegen waren gelandet, die Münder der Bauern kauten nicht mehr, die Finger ihrer Frauen nestelten nicht an den Rüschen. Der Verputz an den Decken rieselte nicht, das Gebälk knarrte nicht, und Bischof und Superior hielten die Luft an. Nie zuvor hatten sie jemanden so reden hören.

Woher kommt denn die Weisheit? Und wo ist die Stätte der Einsicht? Sie ist verhüllt vor den Augen aller Lebendigen, auch verborgen den Vögeln unter dem Himmel. Der Abgrund und der Tod sprechen: Wir haben mit unsern Ohren nur ein Gerücht von ihr gehört.

So also war es gewesen: Die unaufzählbaren Eigenschaften des Menschen tanzen zur Melodie Gottes, und das Schauspiel heißt Leben, und wenn er innehielt, ist er tot.

Der Gedanke an den Tod erleichterte den Schmerz im Bauch; der Schmerz im Bauch wiederum brachte den Durst zum Verstummen.

Die Erinnerung an seinen ersten Triumph, den schönsten, war ein Tanz der Verehrung. Er verehrte den, der in San Mercuriale von der Kanzel herab gesprochen hatte, und er durfte es tun, ohne sich selbst der Eitelkeit zu bezichtigen, denn nicht er war es gewesen, sondern ein anderer, der sich seine Zunge und seine Stimmbänder ausgeliehen und sich ihrer bedient hatte. Alle Predigten nach dieser ersten waren Nachahmungen gewesen. Er hatte dem nachgeeifert, der er gewesen war, ohne damals zu wissen, wer er war in dieser Stunde auf der Kanzel. Auch erinnerte er sich nicht, was er gesagt hatte; nur, dass er keine seiner vorbereiteten Wendungen gebraucht hatte, daran erinnerte er sich. Er war außer sich gewesen und hatte sein Haus einem anderen überlassen.

Nun lag er auf der Piazza vor dem Konvent in Arcella und suchte im Himmel über seiner Stirn nach einem Zeichen.

Der Durst meldete sich wieder, gefolgt vom Schmerz, zuletzt die Angst vor dem Tod und das Entsetzen vor dem Sterben. Er griff mit der Hand neben die Pritsche, berührte mit den Fingern die sandige Marmorplatte. Gleich erhob sich ein Gemurmel unter den Dreitausend, denn jedes Auge war auf ihn gerichtet. Er reckte die Hand gegen den Himmel – da hörte er die Frauen jauchzen, und die Männer stöhnten auf, als hätten sie beim Würfelspiel gewonnen. Er spreizte die Finger der Hand, ballte die Hand zur Faust, öffnete die Finger wieder und dirigierte das Staunen und den Jubel der Menge. Zuletzt zeichnete er mit dem Finger ein Kreuz in die Luft, und nun begannen die Menschen zu singen, erst die am Kopfende der Bahre, dann umrundete die Melodie den Platz und kam oben wieder an.

Seine Hand fiel nieder, und er verlor das Bewusstsein. Die Zunge klebte an seinem Gaumen, der Atem musste sich an ihr vorbeizwängen, hinunter in die Lungen und wieder herauf.

Es geht dem Menschen wie dem Vieh: Wie dies stirbt, so stirbt auch er, und sie haben alle einen Odem, und der Mensch hat nichts voraus vor dem Vieh; denn es ist alles eitel.

Und nun war überall Schatten: auf den Fassaden der Häuser, in den Gesichtern der Menschen, bis hinauf zu den Giebeln, wo nun die Krähen und die Raben saßen. Und die Dreitausend sahen, dass es Gottes Idee doch nicht war, seinen Heiligen über Nacht auszuleuchten.

9

Am Morgen dieses Tages, des letzten in seinem Leben, hatte Antonius noch einmal zu den Menschen gesprochen. Seine Predigt war schon vor Monaten angekündigt worden. Die Kaufleute und Händler hatten die Kunde hinausgetragen, und von allen Kanzeln wurden Tag und Stunde dringlich genannt.

Es war eine Kunde, tatsächlich eine Verkündigung: »Antonius spricht! Er hält eine große Predigt! Zum ersten Mal wieder seit einem Jahr! Begrüßen wird ihn Pater Giovanni Piano Carpini, der nachweislich hunderte Mongolen bekehrt hat! Ein Jahr lang hat Antonius geschwiegen! Er hat sich in die Einsiedelei begeben, um seine großen Gedanken zu denken! Die wird er uns mitteilen! Antonius spricht! Er hält eine große Predigt!«

Die Kunde verbreitete sich über das ganze Land. Viele fragten, ob denn ein Toter ins Leben zurückgekehrt sei; und viele antworteten, ja, so sei es, so müsse es wohl sein. Viele glaubten ja, der Antonius sei bereits gestorben. Jeder Mann, jede Frau, jedes Kind wusste, dass er krank war.

Und noch viel mehr wussten die Menschen, von Wundern nämlich: Zu den Fischen habe er gepredigt in Rimini, und die Fische hätten Wort für Wort seine Predigt mit ihren Mäulern nachgebildet, und Wochen danach habe ein Fischer einen Karpfen gefangen, von dessen Schnappen man Wort für Wort die Mahnungen des Heiligen habe ablesen können; mithilfe solcher Methoden sei die Botschaft des Evangeliums noch nie verbreitet worden.

Dann: In Padua erinnerte sich jeder an den jungen Mann, der seine eigene Mutter mit dem Fuß getreten hatte und der, als Antonius ihm befahl, er solle sich selbst die Buße für diese Untat ausdenken, sich das rechte Bein abgehackt hatte. Der Heilige aber habe vor hundert verlässlichen Zeugen das Bein vom Boden aufgehoben, grau sei es schon gewesen, habe den Stumpf bekreuzigt und Wunde auf Wunde gedrückt und zu dem Sünder gesagt: Gehe hin und bitte deine Mama um Verzeihung! Und siehe das Bein sei in Windeseile angewachsen, nur eine Narbe rundherum sei geblieben, um Zeugnis abzulegen, und der junge Mann habe getan, was ihm aufgetragen worden war.

Dann: Beim großen Laterankonzil war er vom Papst persönlich eingeladen worden, das Wort zu ergreifen, und das habe er treu getan, vier Stunden lang habe er geredet, und zwar in der Erzbasilika des heiligen Johannes, wo unter der Kanzel, also unter ihm, der Kaiser des römisch-deutschen Reiches gesessen sei neben dem Kaiser von Konstantinopel, und hinter ihnen die Könige von Aragon, Frankreich, Ungarn, England, Zypern und der König von Jerusalem, sowie Patriarchen und Metropoliten aus den vier Himmelsrichtungen und Bischöfe, Kardinäle, Äbte und Prioren, zusammen tausend an der Zahl, die in fünfzig verschiedenen Sprachen gesprochen hätten. Und er, Antonius, hatte er es sich leicht gemacht und lateinisch gesprochen? Nein, eben nicht. Träumst du auf Lateinisch? Liebst du auf Lateinisch? Weinst du auf Lateinisch? Er habe in der Sprache eines jeden gesprochen. Jeder habe ihn in seiner Muttersprache predigen hören. Alle zur gleichen Zeit, bitte! Wie er immer und überall in der Muttersprache seiner Zuhörer gepredigt habe, und hätte sich auch nur einer darunter befunden, dessen Sprache die des dunkelsten Afrika gewesen wäre, so hätte der Mund des Heiligen auch diese fremden Laute geformt. Denn wenn einer das Herz des Menschen erreichen wolle und nicht nur den Kopf, müsse er mit ihm in der Sprache sprechen, in der sein Gewissen mit ihm spreche. Das habe der Heilige gesagt, das hatten die Leute gehört, der eine vom anderen und der andere von einem Dritten und der von einem Vierten.

Die Kunde von diesen Wundern und einem Dutzend weiteren hatte sich über die Felder, Dörfer, Märkte, Schenken, Poststationen, Klöster und Magistrate verbreitet, und ebenso verbreitete sich die Kunde, der Heilige habe sich auf wunderbare Weise von seiner Krankheit erholt und werde nach einem Jahr in der Einsiedelei endlich wieder in Camposampiero predigen.

Auf dem Platz vor der Bäckerei wurde das Podest aufgebaut, darüber ein Sonnensegel, es war Juni, und die Sonne strahlte in ihrer vollen Kraft, das war auch der Grund, warum Antonius schon am Morgen mit seiner Predigt beginnen wollte, denn ab Mittag war es nur im Schatten auszuhalten, am besten im Haus bei geschlossenen Fensterläden.

Vor ihm aber war Pater Giovanni Piano Carpini dran, der Mongolenpater. Einen größeren Menschen hatten die meisten in ihrem Leben nicht gesehen. Dem größten Geist wurde der größte Körper vorangestellt, quasi als Einleitung, als Vorwort sozusagen. Das hatte Pater Carpini nicht im Geringsten als Hintanstellung empfunden. Umgekehrt: Selbst sagte er in seinem ersten Satz, es sei ihm eine Ehre. Zwei Meter groß war dieser Mann und wirkte noch größer, weil ihm die Kutte nur bis knapp unter die Knie reichte, die üblicherweise den Minderbrüdern um die nackten Füße wedeln und hinter ihnen den Staub von der Straße wischen sollte. Die Ärmel gingen gerade über die Ellbogen, so dass man die kräftigen braungebrannten Unterarme sehen konnte, die wie Stiele an den mächtigen Fäusten waren, von denen auf die Art der Bekehrung geschlossen werden durfte, die Pater Carpini so erfolgreich betrieb, dass ihn der

Papst nach Rom beordert hatte, damit er ihn in politischen Fragen beriete.

Pater Giovanni Piano Carpini berichtete von einigen weiteren Wundern des Antonius, hielt den Bericht aber im Konjunktiv, denn Wunder war, was die Kurie als Wunder anerkannte, und das konnte, der Regel nach, erst nach dem Absterben des Kandidaten erfolgen. Jedem Erwählten das Seine, ganz im Sinn des heiligen Paulus, des großen Organisators: *Dem einen wird durch den Geist ein Wort der Weisheit gegeben; dem andern ein Wort der Erkenntnis durch denselben Geist; einem andern Glaube, in demselben Geist; einem andern die Gabe, gesund zu machen, in dem einen Geist; einem andern die Kraft, Wunder zu tun; einem andern prophetische Rede; einem andern die Gabe, die Geister zu unterscheiden; einem andern mancherlei Zungenrede; einem andern die Gabe, sie auszulegen.*

Dann stieg der Carpini von dem Podest herunter, verschwand kurz im Eingang zur Bäckerei und kam wieder mit Antonius am Arm und half ihm über die Leiter auf seinen Platz auf dem Rednerpodest.

Und in dieser seiner letzten Predigt – erzählte Anselmo, der Schuster von Camposampiero, nach dem Tod des Heiligen – habe Antonius zum Erstaunen der Dreitausend, die gekommen waren, über folgendes Thema gesprochen: das Nichts. Jawohl das Nichts! Man stelle sich vor: das Nichts!

Unter Schmerzen – ob Schmerzen der Seele oder des Leibes stehe ihm, Anselmo, zu beurteilen nicht zu – habe er am Beginn seiner Rede, quasi als deren Überschrift, ausgerufen:

»Das Nichts, ich weiß es, liebe Menschen, glaubt mir, ich weiß es, ist nicht kleiner, ist nicht schwächer als all das, was ihr um euch seht!«

Und er habe aufgezählt, was er um sich herum sah: das Pflaster auf der Piazza seiner geliebten kleinen Stadt Camposampiero – nur wenige Steine konnte er allerdings sehen, weil so viele Menschen gekommen waren, so eng standen sie, dass einer meinen konnte, der andere schaue ihm in die Ohren, und sie waren gekommen vom Bauernland der Umgebung, aber auch aus den Städten Padua, Vicenza, Arzignano, Castelfranco Veneto, sogar aus Venedig, und sie waren gekommen, obwohl Donnerstag war und sie eigentlich bei ihrer Arbeit hätten sein sollen. Weiter zählte er auf unter den Dingen, die er sah: die Vorhänge im Fenster des Hauses dem Rednerpodest gegenüber, in dem Giuseppe d'Este, der Baumeister, wohnte, und die nun im Wind flatterten, weil der liebenswürdige Giuseppe die Fenster hatte öffnen lassen, um die Predigt zu hören, er war an sein Bett gefesselt und konnte sich nicht zeigen; weiter zählte er auf: den Hut von Gianfancesco Lazzarini, die Bluse seiner Frau Bianca, den Schnauzbart von Pedro, ihrem Sohn, und das Blütenhäubchen von dessen Frau Gabriella, zu viert eng beieinander standen sie vor ihm in der Menge;

weiter: die blaue Luft des Himmels, den Wind, der den Geruch der Erde in das Städtchen bringe, die Sonne, die zu schamhaft sei, um sich offen betrachten zu lassen – was sie übrigens gemeinsam habe mit dem Tod, auch ihn könne man nicht fest ins Auge fassen; dann: die schön geschwungenen Brauen der Isabella Gonzagna, die sich nicht genierte und auch nicht genieren solle, mitten unter den Leuten ihr Kind zu stillen, den zukunftsreichen Pepe, es sei recht, dass sie ihr Kind mitgebracht habe, auch die Kinder sollten hören, was ihm, dem Prediger, zu sagen aufgetragen worden sei von ganz hoch oben.

»Das alles«, rief er, und seine Stimme hallte über die Piazza und erfüllte sie, diese Stimme, so kommentierte der Schuster Anselmo, die selbst den Mongolenteufel Dschingis Khan würde in sich gehen lassen, wo er allerdings nur stinkenden Morast fände, »das alles, was ihr um euch seht, was ihr hört, was ihr angreifen und riechen könnt, dazu alles, was ihr denken könnt, an was ihr euch erinnert, was ihr euch erhofft vom morgigen Tag und vom kommenden Jahr, und draufgeladen auch noch eure Gefühle, angefangen bei der wollüstigen Unschuld des Säuglings, der an der Mutterbrust zieht wie der kleine Pepe an der Brust der Isabella, die, als ich sie das letzte Mal sah, selbst ein Kind war, bis hin zum abgründigsten Hass, vom Mitleid für die Armen bis zum Neid und zur Missgunst, deren Farben Gelb und Grün sind, von der Trauer bis zur Ekstase – dies alles und dazugenommen alles, was die Menschheit je wusste, und auch, was die Tiere je wussten und was die Steine wissen, deren Gedanken uns ferner sind als die Gedanken Gottes - dies alles zusammen, sage ich, und das Ganze mit hunderttausend multipliziert, ist nicht größer und nicht stärker als das Nichts.«

An dieser Stelle, so berichtete Anselmo, der Schuster, habe der Prediger zum ersten Mal gewankt. Er habe gewankt, aber er habe weitergesprochen.

10

»Ich hatte einen Traum. Es ist mir eine Pflicht, euch davon zu berichten. Denn wie anders kann es sein, als dass der Traum von Gott mir gesandt worden war? Aber ich will euch sagen, es war ein schrecklicher Traum.

Ich befand mich nämlich unter den Gottessöhnen, und ich wurde von ihnen vorangeschoben. Dicht an dicht gingen sie neben mir und hinter mir und vor mir, so dass ich ihnen nicht ausbrechen konnte. Als wäre ich ihre Geisel, ging ich in ihrer Mitte …

Was lese ich in euren Gesichtern? Dass es für einen Menschen ein Glück und eine Ehre sein muss, inmitten der Söhne Gottes zu gehen? Was soll schrecklich sein an dem Traum? Habt ihr denn eure Bibel nicht gründlich gelesen? Habt ihr hinweggelesen über die wenigen Zeilen nicht weit vom Beginn der Genesis? Wo es heißt: *Als aber die Menschen sich zu mehren begannen auf Erden und ihnen Töchter geboren wurden, da sahen die Gottessöhne, wie schön die Töchter der Menschen waren, und nahmen sich zu Frauen, welche sie wollten.* Habt ihr das nicht gelesen?

Nun gut, ihr müsst arbeiten an den Tagen und seid müde am Abend, ich weiß. Ihr könnt euch nicht dem Studium der heiligen Schriften widmen, wie es das Privileg eures Predigers ist.

Also hört: Gott ist gekränkt worden in der Urzeit aller Zeit. Von seinen eigenen Söhnen. Sie sind hinabgestiegen zur Erde und haben den Frauen Gewalt angetan, und die Männer haben sie erschlagen. So ist es gewesen. So schrecklich ist es gewesen, dass nicht viele Worte darüber verloren werden sollten. Weswegen die Angelegenheit in der Bibel auch nur mit wenigen Worten bedacht wird ...

Fabrizio, schön, dich zu sehen!

Warum grinst du?

Was gibt es zu grinsen bei dieser Geschichte?

Ich will dir etwas sagen, und ihr anderen, wenn ihr nicht zuhören wollt, hört weg, wenn ihr aber zuhören wollt, hört her:

Wenn dein Sohn, mein lieber Freund Fabrizio, der du jetzt grinst, weil du meinst, nun habe sich der Prediger wahrhaftig in einen Widerspruch verwickelt und habe womöglich selbst die Heilige Schrift nicht gehörig studiert, wenn dein Sohn – er heißt Marco und ist vor wenigen Tagen neun Jahre alt geworden, habe ich recht? –, wenn also dein Sohn sich eines Tages gegen dich erheben wird – das wird er hoffentlich nicht, nein, das wird er nicht, wenn ich ihn mir ansehe –, aber angenommen, angenommen, er erhebt sich doch gegen dich und trachtet dir nach dem Leben; angenommen, er will dir alles wegnehmen, will dich aus dem Haus vertreiben und dir verbieten, dass du dich auf weniger als hundert Schritte dem Haus näherst, das du mit deinen eigenen Händen erbaut hast, auch darum erbaut hast, damit er ein gutes Leben habe; und weiter angenommen, es gelingt dir, ihn niederzuringen, so dass er gehen muss, er, nicht du – was würdest du ihm als Letztes sagen? Darf ich für dich antworten, Fabrizio? Du würdest sagen: Geh und tritt mir nie wieder unter die Augen! Du verfluchst ihn und rufst ihm nach, er sei dein Sohn nicht mehr. Aber in deinem Herzen? Was würde für ein Wetter sein in deinem Herzen? Ein trübes Wetter würde sein, Regen und Nebel und Kälte, vor die Sonne würden sich Wolken schieben. Du wärst traurig, weil du deinen Sohn immer noch liebst. Habe ich recht, Fabrizio? Du würdest den Menschen, mit denen du Umgang pflegst, verbieten, den Namen deines Sohnes auszusprechen; aber wenn du des Nachts im Bett liegst, würdest du seinen Namen in dein Kissen hinein sagen, und deine Tränen würden fließen.

Jetzt grinst du nicht mehr, Fabrizio.

Jetzt haben sich deine Mundwinkel gesenkt, als hätten sich kleine Teufelchen daran gehängt.

Aber hör, Fabrizio, Ähnliches ist Gott widerfahren.

Seine Söhne haben sich gegen ihn aufgelehnt, sie haben ihn ausgelacht und seine Gesetze für null und nichtig erklärt, und sie sind hinuntergestiegen auf die Erde und haben unter dem Volk ihres Vaters schrecklichstes Unheil angerichtet. Und Gott hat sie in die Hölle geschlagen, wo sie Kumpane des Luzifer wurden, der sie zu seiner Leibgarde ernannte. Deshalb können wir heute im Buch Hiob lesen: *Es begab sich eines Tages, da die Gottessöhne kamen und vor den Herrn traten, kam auch der Satan unter ihnen.*

Und bei diesem Zug, so träumte ich, war auch ich mitten unter ihnen, und vor mir ging der Teufel, und der Zug ging in den Himmel hinauf.

Ha! Und schon wieder lese ich in euren Gesichtern: Was erzählt uns der Prediger! Dass der Teufel mit seiner Heerschar in den Himmel hinaufzieht? Das soll glauben, wer will, aber wir nicht!

Und doch ist es so. Satan besucht unseren Herrn im Himmel, und unser Herr spricht mit ihm.

Wieder will ich aus dem Buch Hiob zitieren: *Der Herr aber sprach zu dem Satan: Wo kommst du her? Der Satan antwortete: Ich habe die Erde hin und her durchzogen.*

So spricht Luzifer zu Gott. Und ihr wisst, Luzifer war einst der Liebling Gottes, und auch wenn ihn Gott verflucht hat, weil er sich gegen ihn erhob, war die Liebe in Gottes Herz doch nicht abgestorben, und aus Liebe erlaubt Gott dem Abtrünnigen, dem Verleumder, dem Aufrührer, dem Hinterfotzigen ihn von Mal zu Mal zu besuchen. – Ach, was ist er in seiner Liebe betrogen worden, unser armer Herr!

Und bei einem dieser Besuche war ich dabei – in meinem Traum. Ich sag's aber gleich: In den Himmel hinein hat man mich nicht mitgenommen. Bevor ich mich anschickte, die Schwelle zum Himmelstor zu überschreiten, wachte ich auf.

Nun will ich glauben, dass Gott mir diesen Traum gesandt hat, nicht um mich in der Nacht zu quälen, sondern damit ich nähere Einblicke gewinne und euch kenntnisreicher als bisher über das Böse predige.

Gebt zu, euer erster Gedanke, als ich gerade und absichtlich auffällig nebenbei erwähnte, ich sei Satan im Traum begegnet, war: Wie sieht er aus?

Ihr wollt vorbereitet sein, falls er euch begegnet, ich meine, in der Welt begegnet, wo er seinen Schaden anrichtet. Seht euch um! Wie viel Schaden hat er schon angerichtet?

Aber hört weiter: Ich ging also inmitten der Gottessöhne. Sie waren nicht unähnlich gekleidet wie ich, trugen Kutten und Kapuzen. Mir fiel aber auf, dass ihre Kleider zu groß geschneidert waren; als wären die Söhne seit der Anprobe geschrumpft oder hatten sich das Gewand von Größeren geliehen oder gestohlen. Jeder hatte die Kapuze über den Kopf gezogen, und die Kapuzen standen weit über das Gesicht hinaus, so dass es aussah, als wäre dort nur Schatten.

Und tatsächlich war dort, wo ein Gesicht hätte sein sollen, Schatten; nein, Schatten ist nicht das richtige Wort, denn wie ein Schatten ist auch unser Leben auf Erden, dies lehrt uns die Chronik, aber wie ein Schatten bleibet es nicht. Nicht von Schatten, nein, von Finsternis muss ich sprechen, Finsternis ist das Gesicht der Gottessöhne.

Was aber lässt sich sagen über die Finsternis? Sie ist nichts. Sie ist der Zustand vor der Schöpfung. Auch über das Gesicht der Gottessöhne lässt sich nichts sagen. Es ist nichts. Ein schwarzes Nichts. So dachte ich zuerst. Aber als sich meine Augen an die Finsternis gewöhnt hatten, bekam die Schwärze allmählich eine grüne Farbe; so dass ich, vor euch die Wahrheit schwörend, sagen kann: Das Gesicht der Gottessöhne ist ein grün-schwarzes Nichts. Es ist, als würdet ihr auf einer Klippe stehen in der Nacht und hinunter ins Wasser schauen, das an dieser Stelle tausend Meter tief ist, und nur eine dünne Mondsichel würde ein wenig Licht auf die Oberfläche werfen, damit ihr sehen könnt, wo das Etwas endet und das Nichts beginnt.

Aber gleich muss ich noch eines deponieren, und hört aufmerksam zu: Das Nichts ist unendlich. Es ist weit mehr als das Gegenstück von etwas. Wäre es das Gegenstück zu Gottes Schöpfung, die bekanntlich der Inbegriff des Etwas ist, stünde es in einer Beziehung zu diesem bereits durch das Wort Gegenstück; denn das Gegenstück bedarf des Stücks, um zu sein. Das Nichts aber, das ich hinter den Kapuzen der Gottessöhne gesehen habe, hatte kein Gegenstück; es war das Nichts in seinem leeren Zustand. – Denkt nach, was ich damit meine! Ha, es ist gefinkelt, ich geb's zu! Denkt nach, wie auch ich nachgedacht habe!

Bis zu meinem Traum konnte ich mir das Nichts nur als das weite Feld vorstellen, das darauf wartet, von Gottes Hand beackert zu werden, auf dass es sich in Etwas verwandle. So gesehen wäre das Nichts ein Nichts vor dem Etwas. Eben wie es im Buch heißt: *Am Anfang schuf Gott Himmel und Erde. Und die Erde war wüst und leer, und es war finster auf der Tiefe.* – Diese Leere war eine gute Leere, denn ihr war vorherbestimmt, der Gebärgrund der Welt zu werden, die ja nichts anderes ist als das Etwas. Aber diese Leere, die gute, sah ich nicht in den Gesichtern der gefallenen Gottessöhne. Ich sah die böse Leere, das böse Nichts, das absolute Nichts. Kein Mensch würde diesen Anblick im wachen Leben ertragen. Darum zeigte mir Gott dieses Nichts im Traum. Aber glaubt mir, von seinem Anblick werde ich mich nie wieder erholen.

Aber ich sehe eure Ungeduld, ich spüre sie, ich höre sie, ich rieche sie. Halt dich nicht auf bei der Beschreibung der Gottessöhne, sagt die Ungeduld; beschreib uns den Satan, Prediger! Wie sieht der Teufel aus? Das wollt ihr wissen, habe ich recht? Weil euch nicht genug ist, was der heilige Paulus über ihn sagt, dass er voll aller List und aller Bosheit ist, der Feind aller Gerechtigkeit, der nicht aufhört, krummzubiegen die geraden Wege des Herrn. Ich warne euch:

Man darf sich nicht lange mit ihm befassen, denn eben dadurch lockt man ihn herbei.

Aber ich sag's euch, ich sag's euch, denn ihr seid stark, ihr kennt euren eigenen Wahnsinn. Haltet euch an den Händen fest, denn gleich wird der Nächste des Nächsten Hand loslassen und sie nie wieder berühren wollen, und wäre der Nächste das liebste Weib oder der liebste Mann ...«

An dieser Stelle habe der Heilige gewankt und sich an das Gestänge geklammert und habe seine Rede abgebrochen, erzählte der Schuster Anselmo.

11

Anselmo erinnere sich ganz und gar nicht richtig, widersprach Filippo Fedrizzi, der Bäcker von Camposampiero, dem die Bewohner des Städtchens gute Frühstücksstunden verdankten und den die Kollegenschaft aus dem vornehmen Venedig schon bedrängt hatten, er solle ihnen das Rezept seiner Ciabatta verraten, was er aber nicht getan hat. Filippo behauptete dagegen, Antonius habe sich nicht lange bei den Gottessöhnen aufgehalten, was ja auch keinen Wert gehabt hätte, da es sich bei diesem Thema bloß um eine theologische Spitzfindigkeit handle, die niemand verstehe, außer eben Anselmo, der Schuster, der, wie allgemein bekannt, sich während der Arbeit von seiner Frau die Bibel vorlesen lasse, und das habe er, völlig verständlicherweise, einmal anbringen wollen ...

Nein, Antonius habe die Gottessöhne in seiner Predigt in Wahrheit nur gestreift; wirklich ausführlich sei er auf die gegenwärtige politische Lage eingegangen, und nichts anderes hätten die Dreitausend auch erwartet. Die Gottessöhne seien von ihm nur als Vergleich ins Spiel gebracht worden. Bestätigen aber könne er, dass der Prediger gleich zu Anfang, also schon nach wenigen Worten geschwankt habe. Das erste Mal geschwankt. Das hätten die weiter hinten vielleicht nicht gesehen, er habe es gesehen. Und dann habe er noch ein zweites Mal geschwankt, woraufhin er aber seine Rede abgebrochen habe.

Er habe – so berichtete Filippo Fedrizzi – den Prediger, im Gegensatz zu Anselmo, der eben weit hinten gestanden habe und zudem klein von Gestalt sei, sehr gut sehen und sehr gut verstehen können, weil er sich im ersten Stock seines Hauses und zwar am Fenster befunden habe und Antonius direkt unter diesem Fenster auf dem aus Nussbaumriemen zusammengenagelten Rednerpodest stand. Er, Filippo, habe sich gedacht, das komme vom Hungern, dass der heilige Mann plötzlich wanke, womöglich hat er heute nichts Anständiges zu sich genommen und wahrscheinlich auch gestern nicht, so sind die heiligen Männer eben, sie denken zuletzt an sich selbst. Also sei er schnell in die Backstube gelaufen und habe einen seiner berühmten Fladen gegriffen und gleich wieder hinauf sei er gelaufen zum offenen Fenster und habe »He!« gerufen, und als der Antonius sich zu ihm umdrehte, habe er ihm das Brot zugeworfen. Und tatsächlich: Der heilige Mann habe einen Bissen genommen und den Bissen gekaut und geschluckt und weitergepredigt:

»Unsere Worte ...« – habe Antonius über die Piazza gerufen, damit habe er seine Rede begonnen, sagte der Bäcker Filippo Fedrizzi und hob die Hand zum Schwur als ein Zeichen, dass seine Version die richtige sei.

»Unsere Worte sollen sein wie die Mongolen, die über ein stummes Land herfallen, und wenn sie abziehen, ist kein Handfleck breit übrig, auf dem nicht ein Abdruck der Hufe ihrer Pferde wäre.

Uh!

Jetzt höre ich euch aufstöhnen!

Ihr denkt doch nicht, ich habe das Bild von den Mongolenhorden willkürlich aus der Luft gegriffen? Das habe ich nicht! Und ich habe das Mongolenheer auch nicht willkürlich mit den Gottessöhnen verglichen. Ich möchte vor euch meine Meinung über eine wichtige Sache deponieren.

Nicht ein einziges Mal ist es mir untergekommen im vergangenen Jahr, dass ich ein Wirtshaus betreten und mich zu den Männern gesetzt hätte, ohne dass sich nicht nach wenigen Minuten einer an mich gewandt und mich gefragt hätte: Was, Bruder, hältst du von denen? Und er musste nicht dazusagen, von wem ich was halte. Ich wusste es, und alle wussten es: Was ich von den Mongolen halte, wollte er wissen. Und das wollt auch ihr wissen, deshalb seid ihr nach Camposampiero gekommen.

Ihr wollt wissen, was hält der Antonius von den Mongolen, basta!

Jeder von euch hat eine Meinung über sie. Habe ich recht? Und darf ich glauben, ihr alle miteinander habt die gleiche Meinung? Ich glaube das.

Sie braten kleine Kinder am Spieß, reiben die Körperchen mit scharfen Kräutern ein und fressen sie auf. Sie binden ihre Feinde an einen Felsen und schaben ihnen mit den Haarkämmen ihrer Weiber die Haut vom Leib und spielen auf ihren Instrumenten zu den Schreien und tanzen auf den abgehackten Händen. Ihre Buben, zum Zeichen, dass sie nun bald erwachsen sind, dürfen den Feinden die Hoden abbeißen. Die Mädchen löffeln ihnen die Augen aus dem Kopf, streuen Zucker darauf oder Salz, je nach Geschmack, und kauen sie genüsslich, während die Mütter ihre Neugeborenen im Blut der Christenmenschen baden.

So erzählen wir uns.

Von so vielen Grausamkeiten haben wir schon gehört, die Mongolen hätten gar nicht die Zeit, Länder zu erobern, wenn sie zusammengenommen all diese Dinge tun würden. Jeder von uns, sagte ich, hat seine Meinung über sie. Aber wer kennt sie wirklich, die Mongolen?

Nun, mein verehrter Mitbruder Giovanni Piano Carpini, der mir die Ehre gab, mich und meine Predigt anzukündigen, der kennt sie, und er kennt sie auswendig, wie er seine eigene Mutter kennt. Er war Gast bei Ogedei, dem Großkhan, der die Polen verheerte und die Russen und die Ungarn und alle zusammen in wenigen Tagen mit seiner Goldenen Horde. Er hat ihn besucht in seinem Lager an der Westgrenze der Russen. Und er hat auch den Führer aller Führer, Dschingis Khan, in der fernen Mongolei besucht und hat mit ihm die Weltlage besprochen. Und freilich erinnert uns das an den Besuch Satans im Himmel, nur dass in unserem Fall ein Vertreter Gottes den Teufel in seiner Hölle besucht hat.

Nun frage ich euch: Hat Bruder Giovanni noch seine Haut am Leib? Hat er noch die Augen im Kopf und die Hoden zwischen den Beinen? Er hat, er hat.

Bruder Giovanni hat mir ausführlich berichtet, denn ich bat ihn darum, weil ich euch berichten will. Ein besserer Redner als ich würde das Substrat seiner Gespräche mit Ogedei und Dschingis Khan nicht gleich präsentieren, er würde ein Vorwort an das andere hängen, um die Spannung zu steigern. Ich will das nicht und kann das nicht, ich bin der Sohn eines Geschäftsmannes aus Lissabon, und die portugiesischen Geschäftsleute hassen nichts mehr, als wenn ihre Zeit vergeudet wird. Darum springe ich gleich zum Ergebnis:

Die Mongolen, so das Urteil meines Bruders Giovanni Piano Carpini, sind eine Peitsche Gottes, ohne Zweifel. Sie sind die zehn Plagen gegen Pharao. Sie sind das Blut, das der Engel an die Türpfosten der Gerechten streicht, damit sie verschont werden vom großen Morden. Die Mongolen sind der Mord. Sie sind alles, was der Mensch dem Menschen antun kann – und antun soll, wenn Gott es befiehlt. Sie sind die, die uns an den Rand des Untergangs treiben. – Aber Teufel sind sie keine. Und jetzt haltet euch an den Händen fest! Sie sind im Gegenteil: Beauftragte Gottes. Gott hat sie auserwählt und gestählt und ihnen jede Barmherzigkeit genommen und sie gesandt, um Schrecken zu verbreiten unter seinen Feinden. Sie sind Gottes persönliche Waffe. An die Epheser schrieb der heilige Paulus: *Zieht an die Waffenrüstung Gottes, damit ihr bestehen könnt gegen die listigen Anschläge des Teufels!*

Die Mongolen sind die Waffenrüstung Gottes!

Aber bleiben wir nüchtern. – Heute darf ich darüber sprechen, bis vor wenigen Wochen noch durfte ich nicht. Was glaubt ihr, warum hat Bruder Giovanni die Khans besucht? Um mit ihnen zu plaudern? Um mit ihnen Schnaps zu trinken, den sie aus Ziegenscheiße destillieren? – Ha? – Nein! Er war vom Heiligen Vater in Rom in die Mongolei zu Dschingis Khan und zu Ogedei Khan an die Grenze des Russenreiches gesandt worden, um die Mongolen zu einem Bündnis zu überreden, einem Bündnis gegen den wahren Teufel – einen jungen Teufel, grausamer und schwärzer als der Teufel in der Schrift, einen Teufel jünger als die Schrift, einen Teufel, vor dem sich sogar die Teufel in der Hölle fürchten und abtauchen in die brodelnde Glut, der Beelzebub, der Abbadon, das Tier 666, der alte Typhon genauso wie die Kainstochter Naamah und die Gottessöhne Schemchasai und Asael – einen Teufel, der in seine grüne Fahne zu Gottes und aller gläubigen Menschen Hohn und Spott die Buchstaben des heiligen Gottes gestickt hat.

Darum werde ich den Namen dieses Feindes nicht aussprechen.

Und ich brauche ihn nicht auszusprechen, ihr kennt ihn.

Die Zeit ist gekommen, die der Evangelist Markus meint, wenn er sagt: *In diesen Tagen wird eine solche Bedrängnis sein, wie sie nie gewesen ist bis jetzt vom Anfang der Schöpfung, die Gott geschaffen hat, und auch nicht wieder werden wird.*

Und ich sage euch: Wären die Mongolen tatsächlich Abgesandte der Hölle, ich würde dem Heiligen Vater in Rom raten, dass er sich mit ihnen verbünde gegen die Männer unter der grünen Fahne. Und weiter sage ich euch: Es würde mich nicht wundern, wenn sich Gott mit seinen Söhnen aussöhnte, auf dass sie ein zweites Mal auf die Erde niederfahren, um ihre Schreckensherrschaft zu errichten, diesmal gegen den Feind unter der grünen Fahne. *Mit starker Hand und ausgestrecktem Arm* wird er ihn vernichten.

Ich hatte einen Traum! Ich stieg in die Hölle hinab, ich tat, wie das Glaubensbekenntnis von unserem Herrn Jesus Christus berichtet – *Credo in unum Deum, patrem omnipotentem, creatorem caeli et terrae – geboren von der Jungfrau Maria, gelitten unter Pontius Pilatus, gekreuzigt, gestorben und begraben, hinabgestiegen in die Hölle* … Und im Traum sah ich die Verdammten. Sah, wie sie gemartert werden. Den einen wurde flüssiges Blei von oben und unten in den Leib gepumpt; den anderen wurden glühende Nägel ins Rückenmark gehämmert, so dass die Glut durch die Rippen schimmerte; den Dritten saugten Fledermäuse die Augen aus und durch die Höhlen das Gehirn; den Vierten marschierten Stinkkäfer unter der Haut in alle Richtungen der Adern. Den Falschspielern und Hinterlistigen wurden die Köpfe auf den Rücken gedreht, und das Grinsen wurde ihnen ins Gesicht gestanzt. Odysseus und sein Kumpan Diomedes brannten in Flammenhörnern. Die Unbarmherzigen steckten bis zum Rüssel im Eis, den Lieblosen krochen Schlangen aus allen Löchern, den Unversöhnlichen wucherten Pilze aus Ohren, Nase und Mund.

Und hier traf ich auch den Mohammed und seinen Schwiegersohn, den Ali. Neidisch schauten sie auf mich. Es nützte ihnen nichts, was sie erworben, und auch nicht, wen sie sich als Schutzherrn genommen hatten. Auch half es ihnen hier nichts, dass der Tod zu ihren Lebzeiten in ihren Reihen ritt – *durch des Teufels Neid ist der Tod in die Welt gekommen.* Sie gingen vornübergebeugt und hielten sich den Leib, denn sie waren aufgeschlitzt vom Adamsapfel bis hinunter zum Furz. Die Gedärme und der Magen hingen ihnen zwischen den Fingern heraus, und die Därme platzten auf, und die Jauche ergoss sich auf ihre Beine und ihre Füße, und der Gestank überschmeckte den Höllendunst. Sie berichteten mir, dies sei die Strafe dafür, dass sie mit den Äxten der Lüge und der Verführung den Glauben an den einen Gott gespalten hätten. Während sie mit mir sprachen, waren ihnen die Bäuche wieder zugewachsen, und sie stöhnten auf vor Erleichterung. Aber schon warteten an der nächsten Wegbiegung zwei neue Teufel, rot und heiß wie glühendes Eisen, und die schlitzten sie mit ihren Krallen abermals auf.

Ich sage euch, was ich sah, erschreckte mich nicht. In der Hölle ist es wie auf der Erde, dachte ich. Hier wird gequält, dort wird gequält. Nur einen Unterschied gibt es: Die Hölle dauert ewig.

Ich wollte bald wieder hinauf ins Licht und hob die Augen. Und was erblickte ich? Weit oben schwebte eine Veranda, ein Balkon vor dem Palast des Himmels. Dort versammelten sich die Heiligen, wenn ihnen danach war, um in die Hölle hinunterzuschauen und sich an den Qualen der Bösen zu ergötzen, der Hoffnungslosen. Und ich sah meine Brüder Berard von Carbio und seine Gefährten Otho, Petrus Giminiano, Adjutus und Accursius, denen von den Muslimen der Kopf erst gespalten und dann abgeschlagen worden war. Ich sah die Narben in ihrem Gesicht, und ich hörte sie lachen ...«

Bei diesen Worten, behauptete Filippo Fedrizzi, der Bäcker, habe der Prediger gewankt, zum zweiten Mal. Antonius habe hinter sich gegriffen und sich mit beiden Händen an dem Gestänge festgehalten, über das Leintücher gespannt waren, um die Sonne von seinem wegen der Tonsur empfindlichen Kopf abzuhalten.

Der Baumeister Giuseppe d'Este gab dem Bäcker recht. Er habe von seinem Krankenbett aus sehr präzise hören können, was der Antonius gepredigt habe. Eindeutig sei es in seiner Predigt um den Hass gegangen, der Hass sei das Thema der Predigt gewesen, um die Wiedergutmachung am Hass sei es gegangen, um die Rehabilitierung des Hasses; der Nächstenliebe müsse der Nächstenhass zur Seite gestellt werden, darum sei es in der Predigt gegangen und um nichts anderes. In einer Welt voller Liebe gehe die Liebe unter. Wenn ein Mensch in eine Welt voller Liebe geboren werde, was könnte er mit seiner Liebe anfangen? Nichts. Sie wäre unsichtbar. Sie würde aus seinem Herzen fließen, wie wenn du mit einer Handvoll Wasser in einen Fluss steigst. Das Feuchte werde vor dem Trockenen sichtbar, das Kalte vor dem Warmen, das Helle vor dem Dunklen, und die Liebe werde sichtbar erst vor einer Kulisse des Hasses.

Das seien die Worte des Antonius gewesen an diesem Tag, der sein letzter war auf der Welt. Unser Herr Jesus Christus sei in eine Welt des Hasses gekommen, nicht in eine Welt der Liebe. Nur in einer Welt des Hasses sei die göttliche Gnade sinnvoll.

12

Er wusste, er würde bald sterben; in den nächsten Tagen vielleicht schon. Aber während er predigte, ließen die Schmerzen von ihm ab und auch die Angst und das Entsetzen. Er wurde ruhig, sein Pulsschlag wurde ruhig, obwohl er mit lauter Stimme sprach, sein Bauch wurde flach und weich und leicht, und seine Gedärme wurden ruhig, und seine Mundwinkel hoben sich. Erst jetzt, vor dem nahen Ende meines Lebens, so dachte er bei sich, zeigt mir mein Körper an, was Demut bedeutet: Ablenkung von allem Unwesentlichen. Unwesentlich war angesichts des Todes alles.

Während er sprach - nein: während es aus ihm sprach, denn er wusste nicht, was er sagte, und es kümmerte ihn auch nur wenig -, erinnerte er sich in jugendlicher Leichtigkeit (als genösse er wieder eine Mußestunde in einem der Kaffeehäuser von Córdoba) an seinen Großvater, den er mehr geliebt hatte als irgendeinen anderen Menschen.

Der hatte ihn, den damals Zwölfjährigen, zu sich gerufen und ihn auf dem gedrechselten Stuhl in seinem Arbeitszimmer Platz nehmen lassen. Auf diesen Stuhl setzten sich die hohen Herren, wenn sie zu Besuch kamen und um einen Rat fragten. Denn weit über das Land hinaus galt Senhor Gonçalo Mendes als ein Weiser unter den Weisen. Hier waren schon Eudes III, Herzog von Burgund, gesessen und Renaud de Dammartin, ein Freund von Richard Löwenherz, und auch Königin Petronella von Aragón, aber auch der Bischof von Coimbra, auf dem Knie seine Mätresse, die eine Dichterin war – und auch ein Bär sei einmal gekommen in der Nacht, habe ans Fenster geklopft und sich, als der Großvater ihn gebeten hatte einzutreten, auf ebendiesen Stuhl gesetzt.

Es war der Bär, der im Wald auf dich aufgepasst hat, als du in die Wolfsfalle geraten warst. Unser Bär war es.

Die Füße hätten nicht bis zum Boden hinuntergereicht, die hätten in der Luft gebaumelt wie die Füße eines Kindes. Aber der Oberkörper, der habe weit über die Lehne hinausgeragt, und von oben herunter aus kleinen runden Augen hat er mich angesehen, und die Pfoten hat er auf dem Bauch gefaltet, wie es die fetten Pfaffen tun, wenn sie gut gegessen haben auf Kosten anderer.

Und was wollte er von dir?, fragte Fernando.

Er habe gehört, antwortete der Großvater, was dich zur Zeit am meisten beschäftige, und darüber wollte er sich mit mir austauschen. Er wittere Veränderung. Er habe immer wieder an dich denken müssen, sagte er. Er fühle sich als dein Pate, das sagte er. Seit er damals auf dich aufgepasst habe, fühle er sich als dein Pate.

Lügst du mich auch nicht an?, hatte Fernando gefragt.

Nein, ich lüge dich nicht an, hatte der Großvater geantwortet. Denn was ist eine Lüge, und was ist keine Lüge? Und ob du es mir glaubst oder nicht, Fernando, über ebendieses Thema haben der Bär und ich gleich zu Beginn disputiert, ehe wir auf dich zu sprechen kamen. Der Bär nämlich war der Meinung, dass alles, was behauptet wird, von wem auch immer, und wenn es der Papst wäre, aber nicht bewiesen werden kann, eine Lüge sei.

Der Großvater war ein kleiner Mann, der breit und aus der Hüfte heraus ging, ganz ähnlich wie er, Fernando, und dabei die Arme anwinkelte und vor und zurück bewegte, als teile er nach allen Richtungen Almosen aus – was er auch ausgiebig tat. Er roch nach Melisse, und das war ein friedlicher und fröhlicher Geruch.

Wenn sich Antonius gehen ließ, das heißt, wenn er für ein paar Atemzüge – länger war nicht ratsam und wahrscheinlich auch nicht möglich – sich seinen Sinnen überließ und ihrem Erinnerungsvermögen, dann stieg der Geruch nach Melisse noch heute aus seinem Körper, gleichsam durch dessen Hohlräume, nach oben in seine Nase, und für einen Augenblick war ihm, als säße sein Großvater neben ihm. Und er bildete sich ein zu hören, wie er eine Frage stellte, die kein anderer Mensch je stellen würde:

»Kannst du mir sagen, warum Gott als einer, der einen Witz erzählt, sich nicht denken lässt?«

Konnte Gott der Allmächtige nicht lachen? Aber warum nicht?

Der Großvater war der Einzige in der Familie, der sich im Stil der Araber wusch, was bedeutete, dass er jeden Morgen, begleitet von zwei Dienern, zum Tejo hinuntermarschierte, sich dort seiner Kleider entledigte und in den Fluss watete, bis ihm das Wasser zum Hals reichte. Er breitete die Arme aus und drehte sich im Kreis, und nach einer Weile stieg er heraus und ließ sich von den Dienern abtrocknen. Das tat er im Winter genauso wie im Sommer. Auf die Ermahnungen seines ältesten Sohnes, Fernandos Onkel, dies sei unsittlich und muslimisch, niemals aber christlich, entgegnete er, er habe diese Prozedur eben nicht von den Arabern abgeschaut, sondern von der Heiligen Schrift, wo es bei Matthäus heißt: *Da gingen zu ihm hinaus Jerusalem und ganz Judäa und das ganze Land am Jordan und ließen sich taufen von ihm im Jordan und bekannten ihre Sünden.* Die heilige Taufe dürfe um Himmels willen nicht mit einem eitlen Bad verwechselt, nicht einmal verglichen werden, so wies der Prämonstratenser Pater, dieser grünliche, dürre Mensch, seinen eigenen Vater zurecht.

Aber der habe nur gelächelt; wie er auch nur gelächelt hatte, als er ziemlich bald nach dem Tod seiner Frau eine neue Frau, eine schwarze Afrikanerin obendrein, zu sich genommen und nicht nur nicht das Trauerjahr abgewartet, diese auch nicht erst geheiratet hatte, sondern sie gleich, und ohne eine Heimlichkeit wenigstens vorzuschützen, unter seine Decke zog. Die Lustschreie der Frau waren bis in das Schlafzimmer seines Enkels zu hören gewesen, und das befand sich im anderen Flügel des Schlosses.

Der Großvater nannte seine Geliebte »die Frau aus Kusch«; es war eine Anspielung auf Moses, dem Gott im Alter von hundert Jahren eine junge, ebenfalls schwarze Frau wenn nicht geschickt, so doch zugestanden hatte. Wie Aaron und Mirjam, Bruder und Schwester des Moses, protestierten die Söhne von Senhor Gonçalo Mendes, Fernandos Vater und Onkel, gegen dieses Glück, das sie eine Schande nannten. Aber Senhor Mendes holte frohgemut seine Bibel und belegte ihnen, dass Gott sich auf die Seite des Moses gestellt hatte, dass er Mirjam sogar bestraft hatte für ihre Bigotterie, weißen Aussatz, stand hier schwarz auf weiß geschrieben, hatte er ihr ins Gesicht gezaubert. *Der Herr sprach zu Mose: Wenn ihr Vater ihr ins Angesicht gespien hätte, würde sie nicht sieben Tage sich schämen? Lass sie abgesondert sein sieben Tage außerhalb des Lagers; danach soll sie wieder aufgenommen werden.* – Da schwiegen die Söhne und senkten den Kopf. Fernando und der Großvater standen beieinander, und ihre Hände berührten sich heimlich, aber ihre Gesichter blieben ernst, so ernst, wie Gesichter sind, wenn ein Lachen unterdrückt wird.

Ein glücklicher Mann war sein Großvater. Er schenkte gern und lobte gern, hörte gern zu und sprach gern, und wenn er seinen Enkel sah, war er noch glücklicher, und er hoffte, er werde einer werden, wie er einer war. Bis zum heutigen Tag war es Antonius nicht möglich, seinem Großvater böse zu sein; und auch wenn er ins kleinste Krümelchen hinein seine offensichtlichen Sünden hätte zerlegen, gewichten und zusammenrechnen können – angenommen, der Großvater wäre jetzt, in diesem Moment, während seine Stimmbänder und seine Zunge zu den Dreitausend predigten, aus dem Fegefeuer für ebendiesen Moment entlassen worden, um bei seinem Enkel zu beichten, gern hätte er ihm die Absolution erteilt, aber er hätte in der Tiefe seines Herzens nicht gewusst wofür. Denn sein Großvater war der gütigste Mensch gewesen, der großzügigste Mensch, der geduldigste Mensch, der barmherzigste Mensch und der fröhlichste Mensch. Der frömmste Mensch war er nicht gewesen.

Und was habt ihr disputiert, du und der Bär, hatte Fernando weiter gefragt.

Ob es Gott gibt, antwortete der Großvater.

Wusste das der Bär denn nicht?

Nein, er wusste es nicht.

Und du hast ihn belehrt.

Ja, ich habe ihn belehrt. Aber die Menschen gehen lieber eine Stunde beten als eine Minute denken. Und bei den

Bären ist es genauso. Ziehen wir Gott von den Dingen ab, hat er keine Existenz, sagte ich zu dem Bären. Und der Bär sagte: Aber die Dinge haben wir auf jeden Fall, stimmt's? So sind die Bären eben. Aber Achtung, Fernando: Dummheit und Faulheit in Eintracht können Gewaltiges schaffen!

Wenn der Großvater aus dem Tejo gestiegen war und die Diener seinen Körper mit harten Leintüchern abgerieben hatten, salbten sie ihn mit Öl, in das Melisseblätter eingelegt waren. Auch die Haare rieb er sich mit diesem Öl ein. Und wenn die neue, schöne, schwarze Frau am Nachmittag nach der Siesta aus seinem Schlafzimmer trat, roch auch sie nach Melisse, und sie zog den Geruch hinter sich her durch die Flure des Schlosses.

13

Die neue Frau hatte eine Tochter mitgebracht, ihr Name war Basima, das hieß »das Lächeln«, und sie lächelte. Sie war in Fernandos Alter und war schöner noch als ihre Mutter und gleich sanft wie ihre Mutter und gleich fröhlich und gleich begeistert über alles, was schön, sanft und fröhlich war. Ihr Haar war gelockt, als hätte es der liebe Gott um seinen Finger gewickelt und angehaucht, damit es die Erinnerung daran nicht verlieren sollte. Die Locken baumelten an ihrem lieblich geformten Kopf, und am Ende jeder Locke hing eine Muschel, das Perlmutt schimmerte und warf in der Sonne alle Farben.

Fernandos Vater und sein Onkel forderten, dass Frau und Tochter, wenn sie schon nicht zum Teufel gejagt wurden, sich wenigstens in der Öffentlichkeit nicht sehen lassen sollten. Um seine Ruhe zu behalten, stimmte der Großvater zu; er war einer, der gern liebte und gern dachte und lachte, aber nicht gern kämpfte.

Basima und ihre Mutter waren also im Schloss eingesperrt. Ein Teil des Parks stand ihnen zu, dort durften sie sich bewegen, wie ihnen danach war, durften Blumen säen und pflegen und durften auch in dem kleinen Teich baden. Bedient wurden sie nicht; christlichen Lakaien sei es nicht zumutbar, einer Muselmanenfrau zu gehorchen, obendrein einer schwarzen, befand der Onkel, der die Hand vor die Augen hielt, wenn er ihr zufällig begegnete. So kam es, dass der Großvater seiner Geliebten und ihrer Tochter die Speisen selbst auftrug, die gewaschenen Kleider von den Lakaien in Empfang nahm und die Wünsche der beiden an die Lakaien weitergab, als wären es seine Wünsche. Es freue ihn, versicherte er, dass er noch in seinem Alter auserkoren worden sei, der Diener der Schönheit zu sein. Von wem auserkoren, erklärte er nicht.

Fernando war damals vierzehn, das hieß, er war erwachsen und wurde behandelt wie ein Mann, und sein Wort galt als das eines Mannes. Sein Vater konnte ihm nicht mehr befehlen und sein Onkel, dieser Cassius mit dem hohlen Blick, schon gar nicht. Sie erwarteten von Fernando, dass er sich auf ihre Seite und gegen den Großvater stelle. Das tat er nicht. Er aß regelmäßig in den Gemächern des Großvaters, sie spielten zu viert Tric Trac und erzählten einander Geschichten, und Fernando staunte, welch wunderbare Märlein der Orient zu bieten hatte. – Er hatte sich in Basima verliebt, und Basima hatte sich in ihn verliebt. Davon wussten nur der Großvater und die Frau aus Kusch; ihr hatte es ihre Tochter, ihm sein Enkel gebeichtet.

Gegenseitig hatten sie es sich noch nicht gestanden.

In dem kleinen Teil des Parks, der Basima und ihrer Mutter gehörte und der von einer dichten Hecke umgeben war, die jeden Blick hinein und hinaus verwehrte, war ein Teich, aber kein Brunnen, und im Sommer trocknete der Teich aus. Die Frau aus Kusch war es gewohnt, wenigstens einmal in der Woche zu baden. Mit dem Großvater hinunter zum Tejo zu gehen, war ihr untersagt. Darum ließ dieser eine Badewanne aus Holz anfertigen und sie in das Schlafzimmer seiner Geliebten stellen. Das Wasser musste aus dem Brunnen im Hof geschöpft werden. Fernando befahl einem Lakaien, das Wasser zu holen. Als benötige er das Wasser, wo doch jeder im Haus wusste, für wen es bestimmt war. Wenn sich der Lakai zurückgezogen hatte, goss er das Wasser in die Wanne und verließ den Raum.

An einem besonders heißen Tag verbot der Onkel der Dienerschaft, Wasser aus dem Brunnen zu schöpfen. Es sei schon zu viel Wasser verbraucht worden, sagte er. Er sagte »es sei« und meinte *sie habe*. Den Namen der Frau sprach er nicht aus. Er übrigens war stolz darauf, nie in seinem Leben gebadet zu haben. Also zogen Fernando und Basima in der Nacht los und ließen die Eimer an dem Seil in den Brunnenschacht. Der Schacht war tief, und es dauerte lang, bis ein Eimer unten ankam, und es dauerte lang, bis er sich mit Wasser gefüllt hatte, und es dauerte lang, bis er nach oben gezogen war. Diese Weile nützten die beiden für kleine Berührungen – am Handrücken, an der Achsel, an der Spitze des Kinns. Vier Eimer sollten mit Wasser gefüllt werden. Als der letzte unten ankam, berührten ihre Lippen die seinen.

Sie sagte, dass es nichts Schlechtes sein könne.

Er sagte, die Liebe habe Gott geschaffen, die Hölle verfüge nicht über die Kraft zu einem solchen Werk, das könne er sich jedenfalls nicht vorstellen.

Sie zitierte den Koran: *Er hat Liebe in ihre Herzen gelegt. Hättest du auch alles aufgewandt, was auf Erden ist, du hättest doch nicht Liebe in ihre Herzen zu legen vermocht, Allah aber hat Liebe in sie gelegt. Wahrlich, Er ist allmächtig, allweise.*

Er zitierte nicht. Noch kannte er seine Heilige Schrift nicht gut genug, um sich aus ihr Rechtfertigung zu holen für das, war er tun wollte und was sie auch taten, als sie unter dem lauen Sommerhimmel in den Garten zurückkehrten, der von einer dichten Hecke umgeben war, die jeden Blick hinein und hinaus verwehrte.

Sie waren sich einig. – Aber es würde nicht leicht werden. Basima musste zum christlichen Glauben übertreten, und der Vater müsste überredet werden, seinen Segen zu geben. Das würde der Großvater gewiss leisten.

Sie versprachen sich gegenseitig ihr Leben.

Sie versprachen sich, aufeinander aufzupassen und einander immer schön zu finden.

Sie versprachen, einander beizustehen in der Stunde ihres Todes.

Der Gedanke, diese schönste Frau in Zukunft sein eigen nennen zu dürfen, ihr beizuwohnen mit der gleichen Lust, mit der sein Großvater ihrer Mutter beiwohnte – wie Jakob nach zweimal sieben Jahren Rahel beigewohnt hatte, auch sie hatten einander bei einem Brunnen getroffen und einander gesagt, dass sie sich lieben. *Und Jakob küsste Rahel und weinte laut* ... Diese Liebe war von Laban, dem Vater der Rahel, nicht gewünscht worden, und dennoch hatten sich die Liebenden durchgesetzt. *So diente Jakob um Rahel sieben Jahre, und es kam ihm vor, als wären's einzelne Tage, so lieb hatte er sie.* Der Gedanke, bald Basimas Mann zu sein und zu bleiben, bis der Tod sie schied, erfüllte Fernando mit himmelhohem Stolz, und wenn er durch die Stadt flanierte und die jungen Männer sah, an deren Arm die jungen Frauen gingen, war er hochmütig, aber er nannte es nicht Hochmut, denn kann man es Hochmut nennen, wenn aller Grund dazu besteht?

Fernando war hochmütig, aber er war nicht stark. – Wenige Wochen später starb der Großvater. Und er war noch nicht unter der Erde, schon befahl der Onkel, die Frau aus Kusch und ihre Tochter sollen unverzüglich das Schloss und die Stadt verlassen. Fernandos Vater blieb still. Er wollte nicht, dass sich ein Schatten auf das Andenken seines Vaters lege; der hatte ihn nämlich vor seinem Tod zu sich gerufen und ihm aufgetragen, sich um seine Geliebte und ihre Tochter zu kümmern. Er hatte ihm das Versprechen abgenommen, und er hatte es nicht über sich gebracht, einem Sterbenden die letzte Bitte abzuschlagen. Er stellte sich nicht neben die Frau aus Kusch und ihre Tochter, aber er stellte sich auch nicht neben seinen Bruder, den mächtigen Mönch. Er schwieg und senkte den Kopf.

Als der Onkel vor dreißig Jahren ins Kloster eingetreten war, hatte er sich sein Erbe ausbezahlen lassen und an der Pforte abgegeben. Er besaß nichts und hätte im Schloss nichts zu sagen gehabt. Der Vater war nun der einzige Erbe, und Fernando war der einzige Erbe des Erben, denn seine Schwester lebte als Kanonissin in San Miguel, auch ihr Anteil war abgerechnet und dem Kloster übergeben worden. Fernando also hätte das Recht besessen, den Befehl seines Onkels für nichtig zu erklären. Aber er war nicht stark genug. Ist je ein Hochmütiger gefunden worden, der zugleich stark gewesen wäre? Er schwieg, und Basima und ihre Mutter mussten das Haus verlassen, er schwieg und senkte den Kopf. Er hat Basima nie wieder gesehen. Und er war dem Rat des Onkels gefolgt und hatte bei den Augustiner Chorherren um Aufnahme gebeten.

Als er ein Kind gewesen war, voller Zutrauen und Vertrauen, froh über das Schöne, glücklich mit der Güte, eins mit seiner Zeit, da hatte Fernando vergessen, den Großvater zu fragen, was ihn, seinen Enkel, nach Meinung des Bären am meisten beschäftige; denn dies war das Thema gewesen, das der Bär mit Senhor Gonçalo Mendes hatte besprechen wollen, deshalb hatte er in der Nacht an die Tür zum Arbeitszimmer gepocht.

Während seine Predigt allmählich zu ihrem Ende kam und er mit halbem Ohr und ohne jedes Interesse seiner eignen, nun überaus leidenschaftlichen Zunge zuhörte, versuchte sich Antonius zu erinnern, was ihn als Kind so sehr beschäftigt haben könnte, dass sein lieber Großvater auf die Idee gekommen war, sich diese Geschichte auszudenken. Es fiel ihm nicht ein. Er hörte seine Stimme, als dröhne sie weit weg von ihm am anderen Ende des Platzes; sie dröhnte und drohte und klang in seinen Ohren wie eine der Trompeten der Söhne Aarons, der seines Bruders Redner war. Aber er hatte keine Ahnung, was seine Stimme predigte, ob von Liebe oder Hass oder von dem gähnenden Abgrund des Nichts.

Beklommen machte ihn ein Gedanke: dass – was immer er auch sagte, ob er mit *Menschen- und mit Engelzungen redete* oder ob *sein Mund voll des Fluchens, voll Lug und Trug wäre und seine Zunge Mühsal und Unheil anrichtete* und wenn nur La-la-la oder Ei-ei-ei oder Tschim-bum Tschimbum über seine Lippen kämen – dass die Dreitausend von seinen Worten ergriffen wären, als drückte endlich einer aus, was sie so lange schon sprachlos dachten ...

Und nun stieß ihm auch schon wieder der Schmerz seine Dolche in den Leib, so dass er zusammenfuhr und schwankte und nach dem Gestänge fasste, über das Leintücher gespannt waren, um die Sonne abzuhalten. – Dabei blickte er direkt in das breite, narbige Gesicht von Ginevra della Maria, die unmittelbar vor dem Podest stand, und er sah, wie sie die Hände emporriss, um sich den Mund zu bedecken. So tut ein Mensch, der einen anderen Menschen sterben sieht, dachte er. Und dachte: Der andere Mensch bin ja ich. Er stellte sich vor, ein Baum zu sein, sich einzuhüllen in einen Mantel von Laub, den Menschen von erhabener Gleichgültigkeit zu erscheinen, im Sturm das Meerestosen nachzuahmen und mehr als hundert Jahre alt zu werden.

Wenn ich denke: Ich will meine Klage vergessen und mein Angesicht ändern und heiter bleiben, so fürchte ich doch wieder alle meine Schmerzen, weil ich weiß, dass du mich nicht unschuldig sprechen wirst. Ich soll ja doch schuldig sein! Warum mühe ich mich denn so vergeblich? Wenn ich mich auch mit Schneewasser wüsche und reinigte meine Hände mit Lauge, so wirst du mich doch eintauchen in die Grube, dass sich meine Kleider vor mir ekeln.

14

Ginevra della Maria war aus Mantua nach Camposampiero gepilgert, sie führte dort den Haushalt bei dem Tuchhändler Franco Japponi, und sie erinnerte sich anders.

Sie gab Bericht - nicht vor dem päpstlichen Stuhl, sondern vor dem Thron Gottes -, Antonius habe ganz gewiss nicht über den Hass gepredigt, sondern über die Liebe; dass die Liebe, wenn sie ehrlich empfunden werde, mit keinem irdischen Maßstab gemessen werden dürfe, denn sie sei nicht von dieser Welt. Sie erinnere sich nicht genau, in welche Einzelheiten sich der Heilige ausgebreitet habe, sie meine aber, dass dem Kern nicht mehr viel hinzugefügt werden musste und dass der Redner die übrige Zeit nur deshalb mit Worten gefüllt habe, weil sonst die dreitausend Menschen, die von so weit her gekommen waren, enttäuscht gewesen wären.

Ihr jedenfalls habe dieser eine Satz genügt. Er habe sie getröstet. Er habe sie mit allem versöhnt. Nur deshalb sei sie nach Camposampiero gepilgert: des Trostes und der Versöhnung wegen. Und um bei dem Heiligen zu beichten.

Für sie sei er ein Heiliger gewesen; und nicht nur für sie, alle hätten von ihm nur als »il Santo« gesprochen.

Die Frau war verzweifelt gewesen. Sie war fünfunddreißig Jahre alt, verheiratet mit Giuseppe della Maria, und hatte vier Kinder. Zwei Kinder waren von Giuseppe, ein Bub und ein Mädchen, zwei Söhne von ihrem Herrn, dem Tuchhändler Franco Japponi, bei dem sie schon seit zwanzig Jahren im Dienst stand.

Ginevra war eine hässliche Frau. Dabei war sie mehr als nur ansehnlich gewachsen, sie hatte eine aufrechte, kräftige Gestalt und noch immer lockende Hüften und Brüste. Als Kind aber war sie an den Pocken erkrankt, und seither drängten sich in ihrem Gesicht, auf ihrem Hals und ihrer Brust dicht beieinander Narben und Krater, manche waren bläulich umrundet, manche schwarz gefüllt, andere schuppten und juckten und bluteten, wenn sie kratzte, ihr Gesicht sah aus wie die poröse Schwarte eines toten Tieres. Aber der reiche Mann, in dessen Dienst sie mit fünfzehn getreten war, Signor Japponi, der nicht nur reich, sondern auch klug und fromm und schön und so begehrt war, dass er es sich leisten konnte, lange nicht zu heiraten, weil jede jederzeit für ihn zu haben war, so wurde gesagt, ebender hatte ein Auge ausgerechnet auf sie geworfen, mehr noch: Er war verrückt nach ihr gewesen. Er hatte sie beschenkt, als wäre sie von seinem Stand, hatte sie angebetet, als wäre sie über seinem Stand. Sie hatte ihn zurückgewiesen. Nicht, weil sie ihn nicht gewollt hätte. Welche Frau hätte ihn nicht gewollt! Sie dachte, er lache über sie. Sie dachte, er sei ein Jäger, der nur am Erlegen Interesse habe und die Beute liegen lasse. Oder dass er ein Sprichwort ausprobieren wolle, nach dem die hässlichen Frauen die geilsten seien. Dieser Prüfung wollte sie sich nicht unterziehen. Wie kann ein Mann, ein schöner Mann dazu, ein reicher Mann sowieso, sich in ein armes hässliches Mädchen wie sie verlieben? Zugleich aber hatte sie aus seinen Worten herausgehört, dass er so einer nicht war; keiner, der sich mit Kumpanen bis ins Heimlichste hinein austauschte, keiner, der Catalogi anlegte mit den Namen der Frauen, die er gehabt hatte. Er war ein Ernster, dem, was die Gefühle betraf, alle Menschen gleich waren. Er zürnte ihr nicht, als sie ihn abwies, und er zürnte ihr nicht, als sie ihn ein zweites Mal und ein drittes Mal abwies. Er erklärte ihr seine Lage: Sie sei eine Frau, die anders aussehe als die anderen. Sie sehe aus wie das Bild, das er in sich trage, seit er auf der Welt lebe. Er habe gelernt, von den Sachen zu den Ursachen weiterzuschreiten. Dass ihre Haut durch die Krankheit entstellt sei, bewirke, dass der Blick sich nicht von der Oberfläche ablenken lasse, sondern gleich in die Tiefe gehe, und weil sie, Ginevra, sich selbst nicht von ihrer eigenen Oberfläche habe ablenken und verführen lassen, weil die Oberfläche eben sei, wie sie sei, habe sie Gelegenheit und Anreiz gefunden, ihr Inneres zu bilden; und die innere Schönheit, so habe es Gott im Himmel eingerichtet, sei eben nicht ein Geschenk der Natur, sondern müsse von jedem Menschen selber aufgerichtet werden. Eine von Natur aus schöne Frau - mit solchen Worten warb der reiche schöne Mann um das arme hässliche Mädchen - vernachlässige allzu oft die innere Schönheit und werde für eine Nacht begehrt, geliebt aber werde sie nicht; sie finde ihren Namen auf den Catalogi wieder.

Was denn Liebe sei, wollte Ginevra wissen. Signor Japponi hatte geantwortet: erstens eine Sache, die niemals vergehe; zweitens, ein Geschenk, von dem niemand wisse, warum es geschenkt wird, also eine Gnade. Das Erkennen und Wissen gehöre dem Herren; den Dienern gebühre das Hinnehmen und äußerstenfalls das Fragen, die Antworten aber nicht. Was die Liebe betreffe, seien alle Menschen, gleich welchen Standes, Diener.

Er habe sie wirklich lieben wollen. Und sie habe ihm, nach langem, geglaubt. Und siehe, als sie sich ihm hingegeben habe, sei alles anders gewesen. Auch andere Männer hätten sich auf einmal nach ihr umgedreht und hätten ihr Blumen gepflückt. Einen dieser anderen, Giuseppe della Maria, habe sie geheiratet. Er sei Fassbinder und ein gerechter Mann, der gerne redet und oft kluge Sachen sagt und kluge Gedanken hat und dabei leicht ins Überschwängliche gerät, zum Beispiel beim Thema Gemüse und was zu tun sei, damit es über den Winter nicht verderbe und noch um Ostern verzehrt werden könne. Sie habe ihm von ihrer Liebe zu Signor Japponi erzählt, von Anfang an, habe nichts verschwiegen, was schicklich in Worte gefasst werden durfte; als er ihr vorschlug zu heiraten, habe sie ihn am Ärmel genommen und habe gesagt, sie müsse ihm etwas sagen, und habe es gesagt. Und er war einverstanden. War einverstanden, dass sie von Mal zu Mal bei ihrem Brotherren übernachtete. Er wünschte sich nur, dass die Zeiten geregelt würden. Signor Japponi war großzügig, er verdoppelte Ginevras Lohn, weil jetzt ein Haushalt gegründet wurde, und gab ihr immer wieder Geschenke mit, einen Kapaun oder ein Porcellino oder ein Käserad zu Weihnachten oder süßes Brot, welches Giuseppe so verehrte. Auch schickte er alle Jahre seinen Schneider, damit er Giuseppe einen neuen Rock und neue Beinkleider anpassen sollte.

Und dann heiratete auch Signor Japponi. Seiner Frau beichtete er nicht gleich, dass er ein sündiges Verhältnis mit einer anderen, obendrein einer hässlichen Frau, obendrein niederen Standes unterhielt. Aber irgendwann beichtete er es ihr. Ohne Not. Auch ohne schlechtes Gewissen. Schlicht aus der Einsicht heraus, wie er Ginevra sagte, dass er inzwischen von Wahrheit zu Lüge den Unterschied nicht mehr erkenne, dass die beiden ein ähnliches Gesicht hätten, einen ähnlichen Gang, ein ähnliches Gehaben. Er wolle zur Abwechslung die Wahrheit ausprobieren.

Solche Gedanken habe ihr lieber Signore gehabt, referierte Ginevra della Maria vor dem Thron Gottes, und weiter: Wenn er, habe er ihr auseinandergelegt, die Liebe zu ihr, Ginevra, nicht seiner Frau gestehe, wo sie, Ginevra, die ihre ihrem Mann gestanden habe, dann sei diese Liebe in seinem Leben wie ein Nichts, und es bestehe Gefahr, dass dieses Nichts eine Saugkraft entwickle und alles in sich hineinziehe, bis am Ende die hohle Seele übrigbleibe wie nach einem harten Winter das papierene Nest eines Wespenschwarms. Dann müsse die Seele wahrscheinlich verlorengegeben werden. Eines wisse er, es sei ein weiterer Schritt vom Nichts zum winzigsten Etwas als von da zur größten Sache der Welt. Also beichtete er seiner Frau und beichtete gleich auch, dass Ginevra zwei Kinder von ihm hatte – für die er vorbildlich sorgte.

Nach Tränen und Wut einigten sie sich. Und alle waren zufrieden und glücklich über die Jahre. Sie waren nicht einer Meinung in ihrer Sache, also sprachen sie ihre Sache nicht an, wenn sie einander zufällig trafen. Die Männer, Japponi und della Maria, konnten einander mit Wohlwollen und Einverständnis begegnen, manchmal luden sie einander auf einen Schnaps ein, auch der ärmere den reichen. Keiner hielt es für ein notwendiges Werk der Nächstenliebe, den anderen von seiner Meinung zu überzeugen. Die vier hatten die allgemeinen Ansichten gegen sich – längst war bekannt, was zwischen ihnen lief –, also waren sie Meinungen gegenüber vorsichtig, auch den eigenen Meinungen gegenüber. Mit Zeit und Gewohnheit macht man sich allem Befremdlichen vertraut, auch mit sich selbst.

Ginevras Kinder, die von Giuseppe und die von Signor Japponi, wuchsen heran, die Buben bekamen einen Flaum ums Kinn, dem Mädchen wuchs der Busen, da geschah eines Nachts das Unglück. Ginevra wachte auf, und das Bett war voll Blut. Zwar ließ sich das Blut mit Tüchern stillen, aber ganz stillen ließ es sich nicht. Sie hörte, dass Antonius wieder einmal nach langer Zeit predige und hinterher die Beichte abnehme. Das Bluten, dachte Ginevra, sei die Strafe für die große Sünde ihres Lebens. Was denn sonst! Die Stelle, wo das Blut floss, wies ja darauf hin. Es konnte nicht sein, dass ein Mensch sich eine so große Sünde auflädt und davonkommt und glücklich und zufrieden sein soll bis zum Absterben. Sie aber war zufrieden und glücklich und war es ihr ganzes Leben seit ihrem fünfzehnten Jahr gewesen. Und Signor Japponi war glücklich und zufrieden und seine Frau und Giuseppe und die Kinder waren es auch. Und ich muss büßen, dachte sie und blutete. Und dachte, vielleicht kann mir der heilige Antonius die Absolution erteilen, und wenn alles gut ist, blute ich auch nicht mehr.

Darum war sie nach Camposampiero gepilgert. Und hatte seine Predigt gehört. Hatte aber aufgehört hinzuhören, als er sagte, dass die Liebe, wenn sie ehrlich empfunden werde, mit keinem irdischen Maßstab gemessen werden könne, denn sie sei nicht von dieser Welt. Sie wusste, dass sie die Liebe ein ganzes Leben lang, seitdem sie fünfzehn war, ehrlich empfunden hatte. Aber dann war sie Zeuge, wie der Heilige wankte, in seinem Gesicht habe sie den Tod gesehen. Sie sah, wie die Brüder den Bruder stützten und vom Podest herunterführten und ihn in das Kloster brachten. Da habe sie die Hände an den Mund geworfen, weil sie fürchtete, er könnte sterben, ehe er ihr die Absolution erteilt habe.

15

Während des Frühstücks im Kloster, also vor seiner Predigt noch, soll er bereits über Schwindel und Übelkeit geklagt haben. Er habe aber weitergegessen, in Demut, den Blick gesenkt, Mus habe es gegeben, einen Löffel nach dem anderen, Hafergrütze gekocht in Schafsmilch, gewürzt mit zerbröseltem pikantem Provolone. Gefüttert worden sei er, weil ihm auf einmal die Arme schwer geworden waren. Er könne nicht weiteressen, habe er gesagt; nicht, weil es ihm nicht schmecke, das Mus schmecke ausgezeichnet, zum Gutteil sei er wegen der Klosterküche nach Camposampiero gekommen, er könne den Löffel nicht mehr heben, das sei es. Der Prior sagte später aus, er habe ihm nicht geglaubt; er habe gesehen, wie die Finger der rechten Hand unter dem Tisch mit dem Strick um den Leib gespielt hätten, sehr beweglich. Wenn einer plötzlich nicht mehr in der Lage sei, die Arme zu heben, dann, weil irgendetwas im Kopf geschehen sei und nicht im Magen, und in so einem Fall würden zuerst die Hände von der Lahmheit ergriffen. Er habe diesbezügliche Beobachtungen angestellt, bei seinem ehemaligen Superior, dem von einer Minute auf die andere die Arme abgehangen seien wie bei einer Marionette, der die Fäden gekappt wurden. Bruder Antonius, so seine - des Priors - Vermutung, habe wohl Bruder Angioletto, den Koch, nicht kränken wollen, der die Schuld an seiner Übelkeit hätte auf sich nehmen müssen, dass etwas mit der Grütze nicht in Ordnung sei oder mit der Milch oder dem Käse. Darum habe Antonius gesagt, er könne den Löffel nicht mehr zum Mund führen; um den Verdacht nicht auf den Koch zu lenken. Und die Mitbrüder, die sich um ihn kümmerten, habe er auch nicht kränken wollen. Es koste immerhin eine gewisse Überwindung, einen erwachsenen Mann zu füttern, noch mehr Überwindung, einen leibkranken Mann, wo man gewärtig sein muss, dass alles wieder hochkommt, und man empfinde es als Beleidigung, wenn es dann nicht gewünscht wird. Aus diesem Grund habe es sich Antonius - nahm der Prior an - gefallen lassen, gefüttert zu werden, aus purer Demut, ohne Widerstand, wie ein Kind oder ein Idiot.

Nach dem Essen habe er sich gleich hingelegt. Ein Stündchen war noch Zeit, bis die Predigt beginnen sollte. Gestützt habe man ihn, sonst wäre er auf der Stelle kleben geblieben. Es war ein Jammer, ihm zuzusehen, wie er breiten Schritts mit seinen Wasserbeinen die Stiege hinaufgestiegen und über den langen Gang gehatscht sei, bis in die Zelle, die immer für ihn bereit war; in der auf einem Pult

»sein Buch« lag, aufgeschlagen ebendort, wo er es aufgeschlagen zurückgelassen hatte. In die gespaltene Hühnerfeder war die Seite geklemmt, und der Kiel deutete auf die Stelle – Hiob: *Wenn du ihn bitten wirst, wird er dich hören, und du wirst deine Gelübde erfüllen. Was du dir vornimmst, lässt er dir gelingen, und das Licht wird auf deinen Wegen scheinen. Denn er erniedrigt die Hochmütigen; aber wer seine Augen niederschlägt, dem hilft er.*

Erst habe er die Beine hochgelegt, dann an den Leib gezogen, woraus er – der Prior – habe ersehen können, dass diese Art von Ruhe ihm keinerlei Linderung brachte. Er wälzte sich wieder auf den Rücken, stöhnte und ruckte den Körper nach oben, bis er mit dem Nacken am Pritschenende angekommen war und er den Kopf nach hinten über den Rand hängen lassen konnte, was bekanntlich guttut, wenn die Nackenmuskeln verspannt sind. Also, habe der Prior gedacht, quälte den armen Mann dazu auch noch das Kopfweh. Und Luft bekam er wenig. Und zu viel Wasser war in dem Körper. Der Prior habe von gelungenen Experimenten gehört, bei denen der aufgeschwemmte Körper ausgepresst worden war, indem Holzleisten auf und unter ihn gelegt und streng verschnürt und von Stunde zu Stunde nachgezogen wurden. Ihn hätte interessiert, wo das überschüssige Wasser ausgetreten war.

Im Liegen bekam er zu wenig Luft, das rührte wohl daher, dass das Wasser aus den Beinen in den Corpus sickerte und die Lungen einengte. Also setzte er sich auf, bei ausgestreckten Beinen. Einem anderen hätte man die Kutte oben geöffnet, damit er es leichter haben würde beim Schnaufen. Er schnaufte und stöhnte. Sehr laut habe er geschnauft und gestöhnt und habe den Laut A lange ausgehalten, so lange, dass er - der Prior - schon meinte, es hocke ihm einer in der Kehle, dem Ton nach eher einer von unten als einer von oben. Interessant sei Folgendes gewesen: Bruder Antonius hatte von Natur aus eine laute Stimme, die obendrein in einer Intonation schwang, die alle anderen Geräusche übertönte - dass jedoch auch sein Flüstern, Stöhnen, Seufzen bis in den hintersten Winkel des Klosters gehört wurden, damit war nicht zu rechnen gewesen. Für den Prior war dies ein weiterer Beweis, dass Gott diesen ausgewählt und auserwählt hatte und dass mit der Bevorzugung ausgerechnet dieses Talents angezeigt werden sollte, dass die minderen Brüder im Geist des Franziskus einen neuen Weg zu beschreiten hatten. Bisher war das Hauptaugenmerk auf einfältige Gemüter ohne viel Wissbegier und Bildung gerichtet gewesen, auf deren Ehrfurcht und Gehorsam dem Glauben gegenüber vertraut werden durfte. Der Rat des heiligen Augustinus, dass es in schwer zu beweisenden und gefährlich zu glaubenden Dingen besser sei, zum Zweifel als zur Gewissheit zu neigen, brauchte bisher nicht zur Anwendung gebracht zu werden. Franziskus - das hatte Antonius ihm, dem Prior, gegenüber des Öfteren angedeutet – war der neue Fels, auf dem der Herr seine Kirche errichten wollte. Die Zeiten hatten sich geändert. Die Kirche musste sich mit den Zeiten ändern. Und er, der Prior, hatte Antonius geantwortet: Dann bist du der neue Paulus. Und dabei hatte er sehr genau das Gesicht seines Gegenübers studiert. Ein Prior muss ein geschulter Menschenkenner sein, denn in der Abgeschlossenheit eines Klosters, wo sich die Welt auf dreißig, vierzig oder hundert Männer aufteilt, bleibt einer Seele oft nichts anderes übrig, als sich zu verstellen, will sie sich nicht Reibereien aussetzen, die das Beste von ihr abschaben, bis nur noch die Spindel übrigbleibt. Diese Art von Verstellung ist keine Sünde, darüber haben Größere als er, der Prior, ihre Kommentare abgegeben, der heilige Benedikt, vor langer Zeit schon der Vater Hieronymus und vor kurzem erst der Ordensgründer Robert von Molesme. Auch Franziskus sprach der Seele das Recht zu, hin und wieder allein zu sein, weil die Schönheit der Schöpfung rein und klar nur aus einem Augenpaar gebührend bestaunt werden könne. Will aber die Seele sich selbst schauen, was nichts anderes bedeutet, als in das ebenbildliche Antlitz Gottes zu schauen, dann *muss* sie für sich allein sein. Nun aber ist ein Prior ein Hirte, der sowohl für jedes einzelne Schaf Liebe fühlen und Verantwortung tragen soll als auch für die ganze Herde. Er muss wissen, was die Herde will, und er muss wissen, was ein einzelnes Schaf will. Denn das Böse ist überall. Es ist nicht auszumerzen, auch nicht, *wenn ich mein blitzendes Schwert schärfe und meine Hand zur Strafe greift*. Der Hirte muss die Herde so führen, dass der Geist des Bösen sich in ihr zum Guten wandle und das Böse zwar weiter das Böse will, aber das Gute schafft. Deshalb muss der Prior ein vertrauenswürdiger Menschenkenner sein. Aus den feinsten Zuckungen eines Mundwinkels muss er Schlüsse ziehen können; rötet sich die Gesichtsfarbe um eine Nuance ins Dunklere oder wird sie blasser, muss er das zu deuten verstehen; hüpft der Atem in die Höhe, und sei's auch nur einmal, ist dies ein Indiz; fährt die Hand aus, weist das auf etwas hin. Und als er zu Antonius sagte: Dann bist du der neue Paulus, wurde dieser blass, atmete hastig zweimal hintereinander, sein Blick streifte ihn, blieb aber nicht bei ihm, die Wangen röteten sich, und in den Augen erschien ein Glanz, der ihn erschreckte, als wär's der Blick eines Tyrannen, eher verrückt als verrucht, ein gelblich grün aufleuchtender Strahl. Das größte Wissen eines Menschen ist, wenn er seinen Wahnsinn kennt. Zuletzt aber breitete sich über die ganze Person des Antonius eine demütige Freude aus.

Warum also war ihm ein so lautes Organ gegeben worden? Damit er predige. Franziskus war von Neidern und Herabsetzern »der Idiot« genannt worden – *idiota*; der große Mann hatte daraus einen Ehrentitel gemacht. Aber die neue Zeit war mit Einfalt allein nicht mehr zu bewältigen. Wer nur Lieder auf Maiglöckchen und Fliederblüten sang, wer mit Schwester Mond und Bruder Feuer Ringareia tanzte, der wurde von den Feinden niedergetrampelt, von denen aus der fernen Mongolei, aber auch von den grünen Feinden, die erst vor kurzem vom westlichsten Teil Europas vertrieben worden waren. *Ein Vorhang hebt sich über der westlichen Welt. Ein feiner Regen aus Ruß* ... Die neue Zeit brauchte einen Prediger. Und ein Prediger brauchte Worte, er hatte mehr Worte nötig als der, der zuhörte. Der Prediger musste lesen. Und der Prior kannte niemanden, der so viele Bücher gelesen hatte wie Antonius.

16

Draußen vor der Zellentür bogen sich die Brüder vor Lachen. Dass einer, der schon zu Lebzeiten unmissverständlich als ein Heiliger gehandelt wurde, a. Bauchkrämpfe haben könne, b. Kopfweh, und zwar so eines wie jeder andere, und c. dabei schnaufe, stöhne und grunze wie ein Schwein vor dem Abstechen - das sei ihnen zum Schießen vorgekommen; obgleich ihnen zum Weinen zumute war, wie sie später beteuerten, händeringend. Nur habe keiner gewagt, diesem Mann den Kragen zu öffnen und ihm damit womöglich etwas Erleichterung zu verschaffen.

Man muss genau sein! In solchen Fällen erlöschen die Unterschiede zwischen wesentlich und unwesentlich, und alles wird wesentlich. - Es war nämlich so gewesen, dass nicht jene Brüder, die Bruder Antonius bei Tisch gefüttert, ihn auch auf seine Zelle gebracht hatten. Jeder wollte ihm dienen; nicht, dass immer dieselben das Gold abkriegen. Die Fütterer hätten sich wahrscheinlich getraut, ihm den Kragen zu öffnen. Wer sich traut, einem solchen Mann Löffel für Löffel den Brei in den Mund zu schieben, der traut sich auch, ihm den Kragen zu öffnen. Jene Brüder aber, die ihn nach dem Essen in die Zelle geführt hatten, die trauten sich nicht. Sie riefen die Fütterer herauf, aber die trauten sich nun auch nicht mehr, angesteckt durch das anfangs noch ehrfurchtsvolle Benehmen der anderen. Man nahm sogar an, dass sie, rückblickend auf das Frühstück, ein schlechtes Gewissen bekamen, weil sie so forsch und gedankenlos einen Löffel nach dem anderen in diesen Mund geschoben hatten. Das führte zu noch größerer Verwirrung. Dazugekommen sei das verdammte Gekicher von draußen vor der Zellentür, wo die dritte Partie der Brüder lauerte und lauschte, die nämlich, die weder gefüttert noch den Heiligen in seine Zelle begleitet hatten.

Und sehen wir uns diese Dritten an: Waren diese die Träger des Bösen, von dem der Prior gesprochen hat, das nicht auszumerzen ist, auch nicht, *wenn ich mein blitzendes Schwert schärfe und meine Hand zur Strafe greift*, und das derart in die Herde eingegliedert werden muss, dass es das Gute schaffe, obwohl es das Böse wolle? Nein. Tatsache ist: Antonius erweckte den Eindruck, er sei an sein Ende gelangt, und dieses Ende war wie jedes Ende ein gottgewolltes, nur dass in diesem speziellen Fall Gott mit diesem speziellen Ende den Menschen und der Welt etwas mitteilen wollte. Wenn es so ist, dachte jeder bei sich, haben wir es mit einem heiligen Moment zu tun, den ein Idiot wie ich nicht stören darf. Schon wenn der Tod kommt, weil er eben kommt, wird der Mensch andächtig; aber wenn er als ein Bote geschickt wird, der unserer Welt etwas einzubläuen hat, dann reicht Andacht allein nicht aus. Was aber in so einem Moment verlangt wird, das kann keiner einlösen. Jeder steht auf seinen Sohlen in seiner unwürdigsten Unfertigkeit, als ein Idiot eben – *idiota, idiota, idiota*. Das aber sei – so versuchte der Prior seine Brüder zu verteidigen – zugleich eine äußerst komische Lage, in der sich der Mensch befinde. Es sei nachgerade die komischste Lage, in die er hienieden geraten könne. Die Lage ließe sich beschreiben als der Blick der Selbstvernichtung auf sich selbst. Und das lasse die Gottesebenbildlichkeit des Menschen nicht zu. Deshalb lacht der Mensch in so einer Lage. Er lacht, aber er lacht niemanden aus. Nicht er lacht, sondern das Lachen selbst lacht. Und das lässt sich nicht unterdrücken. – Zunächst allerdings kicherte es nur.

Und ebendieses Gekicher draußen vor der Tür sei hinein in die Zelle geschlüpft und habe die ernsten Brüder drinnen angesteckt, so dass bald ein Gedränge entstand, denn die drinnen wollten rasch nach draußen, weil sie nicht mehr an sich halten konnten, schon äfften ihre Gesichtsmuskeln den Kranken nach, verzerrten sich zu Spottfratzen, und der Gaumen, der verdammte, aufrührerische Arlecchino, grunzte, stöhnte und röchelte, wie der Kranke gegrunzt, gestöhnt und geröchelt hatte, und bei den ersten brach bereits das Lachen heraus, was angesichts des kranken heiligen Mannes eine nie und nimmer verzeihbare Sünde war, gleich der Sünde jener Soldaten, die über Jesus ihre Witze gerissen haben – ... *sie legten ihm einen Purpurmantel an und flochten eine Dornenkrone und setzten sie auf sein Haupt und gaben ihm ein Rohr in seine rechte Hand und beugten die Knie vor ihm und verspotteten ihn* ... Also wollten sie hinaus. Die draußen drängten zugleich hinein, weil, zum Ersten, jeder von ihnen sich von den anderen lösen wollte, um aus dem Gekicher herauszufinden, das ja nur in einer Rotte herrschen kann; zum Zweiten, weil sie sehen und nicht nur hören wollten, was drinnen vor sich ging – man glaubte, man habe es pressant, weil der angeblich Heilige schon halb über den Jordan sei. – *Sie taugen nichts; ihr Treiben ist ein Gräuel; da ist keiner, der Gutes tut. Der Herr schaut vom Himmel auf die Menschenkinder, dass er sehe, ob jemand klug sei und nach Gott frage. Aber sie sind alle abgewichen und allesamt verdorben; da ist keiner, der Gutes tut, auch nicht einer.* – Daraus wurde ein Gekeile, Geknuffe, Gekeife und Geklemme in der engen Tür. Einem gelang das Bonmot: »Er fürchtet sich, so laut er kann!« Und das war für den Moment dermaßen lustig, dass allesamt sich mit auf diesen Wagen reißen ließen, der nun ungehindert über die wohlbestellten Gärten des Anstands ratterte und die zarten Blumen des Mitleids, der Treue, der Freundschaft niedermachte. – Aber auf einmal war die Welt starr und still.

Die Münder standen offen; die Gucker standen offen und widersetzten sich dem Drang zu blinzeln; der Ellbogen, der eben in Kumpanei einen Oberarm neben sich rempeln wollte, blieb in der Luft hängen; der Speichelklumpen, Vorbote brechenden Gelächters, blieb an der Lippe kleben; und die Lachtränen trockneten auf den Tränensäcken schneller als die Handtücher im Scirocco.

Auf einmal sei ihnen gewesen, als walte etwas. Und wenn es sich tatsächlich um ein Walten handelte, stünde es ihnen nicht zu, in irgendeiner Weise einzugreifen, so gern sie es auch hätten tun wollen, im Guten. Sie waren Idioten, aber nun wollten sie würdige Idioten sein. Die Lösung des Kragens zum Beispiel, auch nur als Geste der Nächstenliebe verstanden, hätte höheren Orts als ein Eingreifen interpretiert werden können – am Höchsten Ort, wollten sie sagen, trauten sich aber nicht, es auszusprechen. Der würdige Idiot wartet, dass ihm höheren Orts gesagt wird, auf welche Art er gehorsam sein soll.

Und so lag er. Und stöhnte. Und wand sich in Schmerzen. Und war unschön anzusehen. Sein Körper nahm ihm jede Würde.

Die Brüder aber schlichen sich einer nach dem anderen hinaus aus der Zelle, und draußen weinten sie bitterlich – nicht über das Schicksal des Bruders Antonius hätten sie geweint, erklärten sie später, sondern darüber, dass die Teufel der Niedertracht, des Lächerlichmachens und Kleinmachens, der Schadenfreude und des Herabsetzens, dass die Teufel des So-wie-die-andern-sein-Wollens in sie gefahren seien und dass nicht einer von ihnen diesen Dämonen habe Paroli geboten.

Der Prior war bei ihm geblieben. Er hatte Paroli geboten. Er liebte Antonius aus ganzem Herzen und ganzem Verstand.

Er schlug ihm vor, die Predigt zu verschieben oder abzusagen. Da habe sich Antonius von seiner Pritsche erhoben, habe sich aufgerichtet und habe gesagt, nein, er werde reden. Jesus habe tausend Hungrige mit Fisch und Brot satt gemacht, ihm, dem kleinen Menschen, stünden nur Worte zur Verfügung, Worte, Worte, Worte, aber wenn Dreitausend nach Worten verlangten, werde er ihnen Worte geben.

Und mit den folgenden Worten – so berichtete der Prior – habe Antonius seine Predigt an die Dreitausend beginnen wollen; er selbst habe die Notizen gesehen, Antonius habe sie ihm gezeigt und ihn gefragt, ob er diesen Einstieg, das Proömium sozusagen, für geeignet halte; es waren dieselben Worte, die – er habe sich gedacht: bezeichnenderweise – der heilige Paulus in seinem Brief an die Korinther geschrieben hatte: *Auch ich, meine Brüder und Schwestern, als ich zu euch kam, kam ich nicht mit hohen Worten oder hoher Weisheit, euch das Geheimnis Gottes zu predigen. Denn ich hielt es für richtig, unter euch nichts zu wissen als allein Jesus Chris-*

tus, ihn, den Gekreuzigten. Und ich war bei euch in Schwachheit und in Furcht und mit großem Zittern; und mein Wort und meine Predigt geschahen nicht mit überredenden Worten der Weisheit, sondern im Erweis des Geistes und der Kraft, auf dass euer Glaube nicht stehe auf Menschenweisheit, sondern auf Gottes Kraft.

17

Der Prior schickte die Brüder fort, die zurückgekehrt waren und an die Tür klopften und ihn anflehten, Antonius um Verzeihung bitten zu dürfen. Ihnen sei eine Prüfung auferlegt worden, sagte er, und sie hätten die Prüfung nicht bestanden. Der Körper eines Menschen lauere manchmal darauf, den Geist, der ihn beherrsche, einer Unwürde auszusetzen, der nur mit Würde begegnet werden könne. Dies hätten sie nicht begriffen. Dabei hätte ein Blick in die Augen des Kranken genügt, und diese große Würde wäre erkannt worden – aber nein. Er verhandelte mit den Brüdern im Flur vor der Zelle des Antonius, die Tür zog er zu, und die Klinke ließ er nicht los. Er sah, wie die Brüder litten, und er hätte ihnen die Schmach gern vom Herzen genommen, und gern würde er es bei der Beichte tun, aber nicht jetzt.

»Geht!«, flüsterte er, hätte gern, das Jesuswort an die Ehebrecherin, in den Plural wendend, hinzugefügt: *Geht hin und sündigt hinfort nicht mehr* – verbiss es sich rechtzeitig, würde er damit womöglich Misstrauen gesät haben: dass seine Unerbittlichkeit nichts anderes sei als Überheblichkeit und Theater. Es gehörte sich nicht, durch Jesu Worte ausdrücken zu wollen, was eigene Sache war; Jesu Worte waren Jesu Worte, wer tat, als passten sie auch auf die eigene Zunge, der überhob sich gewaltig und würde ebenso gewaltig stürzen. Der Prior war ein gelinder Mann und gehorsam und wusste, dass der Grat zwischen Sich-Niederducken und Sich-Großmachen so schmal ist, dass er einem in die Sohlen schneiden kann; klein sein zu wollen und diesen Wunsch zu zeigen, beweist oft gerade den gegenteiligen Wunsch: größer zu scheinen, als man ist.

Dann war er allein mit Antonius.

Ob er beichten wolle, fragte er ihn.

Antonius schüttelte den Kopf. Es sei eitel, als eine reine Seele zu Menschen zu predigen, die an diesem Tag keine Gelegenheit gehabt hatten, die Absolution zu empfangen. So drückte er sich aus.

Aber, sagte der Prior, man müsse den Tatsachen in die Augen sehen. Er sei kein Arzt, aber er sei ein Menschenkenner, und diese Gabe meine in seinem Fall nicht nur die Seele, sondern auch den Körper. Man müsse den Tatsachen in die Augen sehen.

Er brauche nicht darum herumzureden, unterbrach ihn Antonius. Er meine, er werde bald sterben, er werde die Predigt nicht überleben oder erst gar nicht erleben.

Ja, das meine er, sagte der Prior.

Es wird noch genügend Zeit sein für die Beichte, sagte Antonius. Er wünsche aber, nicht bei ihm, dem Prior, zu beichten.

Das habe ihm im Herzen wehgetan, gestand der Prior vor der Sacra Congregatio Pro Causis Sanctorum. Sehr weh habe ihm das getan, denn Antonius sei sein Bruder und sein Freund gewesen, und nun habe er sich gedacht, er sei nur sein Bruder gewesen. Der ersten Empörung folgend, habe er aufstehen und gehen und den Mann liegen lassen wollen in seinem Hochmut. Er habe Antonius geliebt, und wenn jemand über Antonius lachte, lachte er auch über ihn. Und nun habe er sich gedacht, er werde nicht widergeliebt. Die Hand habe ihm gezuckt, und etwas Raues habe sich in seiner Kehle aufgestellt wie ein Rabauke, der in ein Wirtshaus tritt, sich aufbaut und den Nachmittagsfrieden beenden möchte. Aber er habe sich ermahnt, dieser Prüfung standzuhalten.

Was er wünsche, habe er Antonius gefragt.

Er wünsche nichts, habe dieser ihm geantwortet. Sein ganzes Leben lang habe er gewünscht und gewünscht und gewünscht. Als wäre nicht genug, was ist. Ihm bange davor, dass wir Gott missverstanden haben. Was, wenn das Leben alles war, was er uns zu bieten hatte? Hätten wir das von Anfang an gewusst, wir wären anders damit umgegangen. Gott habe uns sogar die Freiheit gelassen, ihn zu missverstehen. Im Kern der Freiheit konzentriere sich die Zukunft. Sie duckte sich dort klein. Sie gehöre klein. Im gesunden Menschen sei die Zukunft klein. Die Zukunft müsse sein, aber im gesunden Menschen sei sie klein. Die Zukunft sei die Medizin gegen Satan. Gleiches wird mit Gleichem bekämpft. Satan ist das *Es-wird*. Hat er sich nicht gegen Gott empört, weil er glaubte, *es wird* ihm gelingen, ihn zu stürzen? Gott ist der Gott der Gegenwart. Die Verheißungen müssen irgendwann aufhören. Die Gebete müssen irgendwann zu einem zufriedenstellenden Ende kommen. Sonst leben wir in Unruhe wie die Juden. Bläht sich die Zukunft auf, erkennen wir den Tod. Der Tod steht hinter uns, deckt unseren Rücken und starrt aus seinen leeren Ringen dorthin, wohin wir starren. Alle Zukunft hat ein Ende, dort liegt die Heimat des Todes. – Hörte der Prior den Antonius predigen.

»Glaubst du, es ist so weit?«, fragte er ihn nun.

Antonius habe genickt. Die Angst stand in seinen Augen. Aber er sagte: »Ich will nichts für mich, und ich verbiete dir, mir etwas zu geben, und ich möchte, dass du den Brüdern verbietest, mir etwas zu geben. Der Tod ist eine Handlung Gottes, in die der Mensch nicht eingreifen darf, auch nicht in vermeintlicher Nächstenliebe.« So nahe am Ende, sagte er, könne man studieren, wie der Leib, der des Teufels sei, mit der Seele ringe.

Ob er nicht Wasser wolle, wenn er durstig sei, fragte der

Prior, nicht Mus, wenn er hungrig sei. Nicht ein Bett, wenn er müde sei.

»Nein«, sagte Antonius.

»Aber sogar Jesus hat vom Kreuz herunter gerufen, er habe Durst«, sagte der Prior.

»Das wissen wir nicht«, sagte Antonius.

»Aber es steht im Evangelium«, widersprach der Prior.

»Im Evangelium nach Johannes steht«, widersprach ihm nun seinerseits Antonius, *»als Jesus wusste, dass schon alles vollbracht war, spricht er, damit die Schrift erfüllt würde: Mich dürstet.* Daraus müssen wir schließen, dass er nicht trinken wollte, um seinen Durst zu löschen, sondern damit die Schrift erfüllt werde; wie es in den Psalmen heißt: *Sie geben mir Galle zu essen und Essig zu trinken für meinen Durst.«*

Er habe ihm recht geben müssen, sagte der Prior vor der Sacra Congregatio Pro Causis Sanctorum.

Er hatte sich erkundigt und die Stellen gefunden, die Antonius zitiert hatte; voll Bewunderung war er für Antonius, von dem inzwischen allerorts behauptet wurde, er habe die ganze Heilige Schrift, das Alte und das Neue Testament auswendig gekonnt. Diese Gerüchte erwähnte der Prior vor der Kongregation aber nicht, denn er müsste gefasst sein, dass der Advocatus Diaboli gerade diesen Umstand gegen den Kandidaten auslegen und somit die Heiligsprechung hintertreiben würde. Er könnte zum Beispiel die Belesenheit des Antonius als eine Art von Hochmut darstellen und sich dabei in seiner Argumentation auf niemand Geringeren als den heiligen Franziskus stützen, der in einem Brief an Antonius demselben zwar erlaubte, den Brüdern theologische Vorlesungen zu halten, dies aber mit dem Vorbehalt, *wenn du nur nicht durch dieses Studium den Geist des Gebetes und der Hingabe auslöschest.* Es wurde in gewissen Kreisen schon genug gemurrt, man gebe dem abergläubischen Pöbel nach; noch niemals habe der Papst einen Knecht Gottes, wie fromm er auch gewesen sei, bereits neun Monate nach seinem Tod heiliggesprochen; bei Franziskus zum Vergleich, immerhin dem neuen Fels der Kirche, dem der Heiland als Einzigem seine Wundmale geliehen habe, habe es einundzwanzig Monate gedauert. Ob denn der Schüler dem Meister vorgezogen werden solle? – An einer Verschleppung oder gar Ablehnung der Heiligsprechung wollte der Prior nicht schuld sein.

Wie das weitere Gespräch mit dem Kandidaten gewesen sei, bevor dieser sich aufgerafft und zu den Dreitausend gepredigt habe, wurde der Prior gefragt. Ob es zum Beispiel der Wahrheit entspreche, dass er ihn gefragt habe, warum an seinem rechten Fuß nur vier Zehen seien.

Das habe er ihn gefragt, antwortete der Prior und musste lächeln; um Antonius vom Schmerz abzulenken und etwas aufzuheitern, habe er dieses Thema angeschnitten; und er erzählte, was die Vorgeschichte zu dieser Frage war.

Eines seiner Schafe, der jüngste seiner Brüder, hatte sich den Antonius zu seinem Vorbild genommen. Ein Aberglaube kursierte; dass wir von Gott zwar vorgebildet seien, ans Ende gebracht aber habe uns ein Engel, bei dem einen dieser Engel, bei dem anderen jener. Deshalb seien wir erstens verschieden, zweitens mit Fehlern behaftet, denn absolut fehlerfrei sei nur Gott. Hätte Gott eigenhändig jeden von uns bis ans Ende geformt, wäre jeder von uns vollkommen, und nachdem das Vollkommene einmalig ist, wären wir alle gleich, einer wie der andere, und eigentlich wäre es nicht nötig gewesen, mehr als einen von uns zu schaffen. Manchmal aber, selten, sehr selten, arbeite Gott einen Menschen fertig, bis das letzte Haar eingesetzt, das letzte Stück Haut geglättet sei. Von diesen Sonderexemplaren behalte sich Gott ein Teilchen, gleichsam als Andenken, zurück, bevor er es unter die anderen Menschen entlasse. So ein Sonderexemplar – davon eben war der jüngste unter den Brüdern in seinem grünen Verstand überzeugt –, so ein Mensch sei Antonius. Er habe einmal mit ihm zusammen im Garten gearbeitet, es sei ein heißer Tag gewesen, Antonius habe die Schuhe ausgezogen, die er im Gegensatz zu den anderen Brüdern und auch gegen das Leitbild des Franziskus immer trage, und da habe er gesehen, dass ihm am rechten Fuß der kleine Zehen fehle. Dies sei das Pfand, das Gott für sich behalten habe, damit er ein Teilchen seines Lieblings immer bei sich trage.

Nun schmunzelten auch die Mitglieder der päpstlichen Kongregation, und der Prior sah, dass die Stimmung gut war.

»Aber weiter!«, unterbrach der Vorsitzende die allgemeine Heiterkeit. »Komm zum Wesentlichen, Bruder!«

Das Wunder. – Deshalb war der Prior ja vor die Kongregation geladen worden. Das Wunder hatte der Prior ... geträumt. Das sagte er aber nicht. Er berichtete alles, was geschehen war, beschrieb alles genau – nur den Satz: *Ich habe geträumt*, den ließ er aus. Aber war es nicht auch eine Art Wunder, dass er damals in der Zelle des Antonius eingeschlafen war? Trotz der allgemeinen Aufregung? Nachdem ihm Antonius befohlen hatte, nichts für ihn zu tun und dafür zu sorgen, dass nichts für ihn getan werde, hatte er sich wieder auf seine Pritsche gelegt, und er, der Prior, hatte sich auf den Stuhl gesetzt und die Ellbogen auf das Tischchen gestützt und den Kopf in die Hände – und war eingeschlafen. Und im Schlaf war er aufgewacht, weil er die Stimme des Antonius hörte, die zu ihm sagte: Steh auf, wir müssen gehen, wir dürfen die Dreitausend nicht länger warten lassen. Und im Schlaf drehte er sich um und sah Antonius in der Mitte seiner Zelle stehen und im Arm hielt er das Jesuskind. – Das hatte der Prior geträumt, und so hatte er es seinem Bischof erzählt, nur dass er *Ich habe geträumt* wegließ, und der Bischof hatte es für die Sacra Congregatio Pro Causis Sanctorum zu Protokoll gegeben.

Tatsächlich war er erwacht, weil ihn Antonius an der Schulter gerüttelt hatte. »Steh auf!«, hatte er gesagt. »Wir dürfen die Menschen nicht länger warten lassen.« Er war neben ihm gestanden, frisch, von gesunder Gesichtsfarbe, kräftig, als wäre er nicht vor wenigen Minuten erst dem Tod so nahe gewesen, dass er ihm durch die Rippen hätte greifen können. Aber ein Kind trug er nicht im Arm.

Und dann waren sie nach unten gegangen und auf den Platz getreten, und Antonius hatte das Podest bestiegen, das aus Walnussbrettern zusammengenagelt worden war, und hatte sich unter das Sonnensegel gestellt und zu predigen begonnen:

»Meine Brüder und Schwestern, wie der heilige Paulus zu den Korinthern kam, komme auch ich zu euch nicht mit hohen Worten und hoher Weisheit ...«

18

Und nun lag er in Arcella auf dem Platz vor dem Kloster.

Inzwischen war später Abend geworden, nur ein Schimmer wie geschliffenes Metall erleuchtete den Westen über den Giebeln der Häuser. Da war er, und um ihn herum im Kreis standen, hockten, saßen, lagen die Dreitausend, hinter einem Radius von zwanzig Schritt, näher wagte sich keiner zu ihm. Fackeln waren angezündet worden, an den Ecken loderten kleine Lagerfeuer, an denen Fische geröstet wurden, der Schein beflackerte die Hauswände. Weinkrüge wurden weitergereicht. Es war auch schon gesungen worden. Und immer wieder begann ein Gebet, das die Dreitausend erfasste wie eine Windböe und nach einer Weile wieder verebbte. Kinder spielten mit Reifen und Seilen, Buben schossen mit Pfeil und Bogen auf die Hauswände, an denen ihre Schilfpfeile zersplitterten. Kleine Wutausbrüche erzeugten kleines Gelächter. Die Brüder stimmten einen Choral an. Händler verkauften mit Essig gesäuertes Wasser, Sauermilch und Honigkuchen.

Unter diesen Menschen lag er. Er meinte, keinen Durst

mehr zu haben und auch keine Schmerzen im Bauch. Er meinte, tief Luft zu holen, koste ihn zu viel Kraft. Aber er war sich nicht sicher. Er war sich seines Körpers nicht mehr sicher. Schon wo er anfing und wo er aufhörte, hätte er nicht behaupten können. Sein Körper schien sich aus dem Feld seiner Beobachtung zurückgezogen zu haben. Mein Körper versteckt sich vor meinen Augen, dachte er - oder meinte er zu denken. Aber weder kann man den Körper verbergen, noch kann man ihn heucheln. Auch der Verstand wollte nicht mehr prüfend angesehen werden. Seiner Gefühle aber war er sich gewiss. Er war ruhig und wartete auf den Tod. Es gab nichts mehr zu erledigen. Der Tod würde über den Platz auf ihn zukommen. Und dann sah er ihn. Er führte eine Frau an seiner Hand, die hatte einen anmutigen Gang. Das Gesicht hatte sie hinter einem Schleier versteckt.

Ich bin nicht, wer du denkst, sagte der, den er für den Tod gehalten hatte. Sieh mich an! Du erkennst mich doch noch, Fernando.

Es war der Großvater, die großgliedrige Kette hatte er um den Hals gelegt, die er nur an den vornehmsten Feiertagen des Staates und Jahres überzog, daran hing die goldene Plakette, breiter als die Handfläche eines sechsjährigen Knaben, schwerer als ein Hafen voll Milch, darauf war ein Adler eingraviert, der im Begriff war, die Flügel zu heben, um davonzufliegen.

Er wisse es, sagte Antonius.

Ich habe dir jemanden mitgebracht, sagte der Großvater und beugte sich zu seinem Enkel nieder, der roch den Duft nach Melisse. Die Frau sieht nicht schön aus. Lass sie das aber nicht spüren. Mir ist nie eine bessere Frau begegnet. Zwei oder drei, die ebenso wenig zu tadeln waren wie sie, das schon. Sie hat mich gebeten, mein Wort bei dir einzulegen. Sie will beichten. Lass sie, Fernando, auch wenn du jetzt nicht mehr an die Beichte glaubst! Ich würde gern sagen, dass ich dich beneide, aber Neid kenne ich nicht mehr, ich habe ihn schon in meinem Leben nicht gekannt. Ich bin sehr schnell gestorben. Immer hat es geheißen, es sei eine Gnade, schnell zu sterben. Ich hatte nur wenige Sekunden, du weißt es, du warst dabei. Aber diese wenigen Sekunden habe ich genossen. Ich glaube, Fernando, ich weiß, was du denkst. Dass du nichts mehr zu erledigen hast. Ist das nicht herrlich? Wir haben nichts mehr zu erledigen auf dieser Welt! So denken die Sterbenden. Ist das nicht herrlich! Willst du mir diesen Gefallen tun und dieser Frau die Beichte abnehmen? Dies eine noch, nur dies eine. Dann hast du nichts mehr zu erledigen.

Es war Ginevra della Maria, die Pockennarbige.

Das wolle er gern, sagte Antonius. Aber er könne die Hand nicht heben zum Kreuzzeichen. Er wisse nicht, ob er sie noch heben könne. Aber er glaube, er könne die Hand tatsächlich nicht mehr heben.

Wenn du erlaubst, sagte der Großvater, wird sie deinen Finger nehmen und ihn sich selbst an die Stirn und an die Brust führen. Erlaube es ihr! Es bedeutet ihr sehr viel, musst du wissen.

Er erlaube es, sagte Antonius, natürlich erlaube er es.

Ich werde mich breit machen, sagte der Großvater, damit sie nicht beobachtet werden kann von den Gaffern, die eine Geschichte daraus weben wollen.

Das solle er tun, sagte Antonius.

Ginevra kniete sich neben die Bahre nieder, nahm den heiligen Zeigefinger der rechten Hand und beschrieb mit ihm Kreuze auf ihrer Stirn, ihrem Mund und über ihrem Herzen und sagte dazu das Vaterunser.

Ich führe sie zurück, sagte der Großvater. Aber warte, ich bin gleich wieder bei dir. Noch hast du nicht alles erledigt. Aber bald hast du alles erledigt.

Nie ist mir aufgefallen, dass unser Vaterunser nur aus Imperativen besteht, sagte Antonius. Wir befehlen Gott. Dürfen wir das denn?

Darüber reden wir später, sagte der Großvater.

Der Großvater führte Ginevra della Maria zurück in die Reihen der Dreitausend, wo ihr Mann, aber auch Signor Japponi und seine Frau warteten; sie waren gekommen, weil sie mit Ginevra bangten und hofften. Niemand gaffte, niemand stellte ihr Fragen.

Nach einem Schlag der Augenlider stand der Großvater wieder neben der Pritsche in der Mitte des Platzes, und wieder war er nicht allein. Den ehemaligen Abtprimas aus dem Kloster der Augustiner Chorherren in Lissabon hatte er mitgebracht, Bruder Amarildo. Der war nicht mehr am Leben, darum hatte er wenig Farbe, und die Farben schwammen ineinander und bildeten Wirbel, blasse, verdünnte Farben, und manchmal sackten sie ab und sammelten sich und verdichteten und vermischten sich in den Beinen, so dass die Beine braun wurden, als wären sie mit dem zähen Schlamm vom Bacchiglione vollgestopft; dann sahen Kopf und Brustkorb aus, als wären sie Kristall. Er war im Purgatorium untergebracht, in dieser Welt jenseits aller Fantasie, und büßte dort für Neid und Missgunst, und Antonius war sein Gegenstand. Und wie allen Neidischen waren auch ihm die Lider mit Draht zugenäht.

Ich habe nicht viel Zeit, und ich weiß es, sagte er. Dort, wo ich bin, dort nützt die Beichte nichts mehr, die Seele ist verbrannt und die Schlacke ausgebreitet und zerstampft, und die Spinnenfinger der Unterteufel untersuchen sie, ob sie auch noch ein letztes Flöckchen Neid fänden, an das ein Flämmchen der Qual gehalten werden könnte. Ich bin gekommen, um dir zu berichten, was dich im Fegefeuer erwartet, falls du nicht gleich in den Himmel aufgenommen wirst, was ich dir, ehrlich gesagt, immer noch nicht gönne. Es ist gut. Glaub mir, es ist gut. Es besteht dort, wo ich bin, eine Gewohnheit, alles oft und oft zu wiederholen, ich will darauf achten, dass ich dir das erspare. Es ist gut dort. Wir leben in der Hoffnung und in der Wiederholung. Es ist gut. Wir werden mit Feuer gequält und leiden die große Pein, das ist wohl wahr, und die Schmerzen sind ungeheuerlich, denn das Feuer ist so heiß, dass die Drähte, die meine Augen verschließen, schmelzen, und jede Flamme, die mir entgegenfegt, hat dein Gesicht, Fernando, und deshalb schmelzen die Drähte, damit ich meine Augen öffnen und dein Gesicht ansehen kann, und hinterher näht mir einer von denen, die dort unten Dienst tun, die Augen mit neuem Draht wieder zu, und es ist, als stürbe ich von neuem – *durch des Teufels Neid ist der Tod in die Welt gekommen* ... Ich bin verlorengegangen, und du hast mich nicht gesucht. Immer noch hasse ich dein Gesicht, und ich weiß wirklich nicht, ob es eine glückliche Methode zur Besserung ist, mir immer und immer und immer wieder deine Züge zu zeigen. Oder hast du mich gesucht und nur nicht gefunden? Antworte nicht. Es ist gut. Es ist gut. Bevor du zu uns ins Kloster kamst, war ich ein bescheidener Mann, demütig und gehorsam. Als du uns verlassen hast, war ich ein anderer, mein Herz schrumpfte. Dort, wo ich jetzt bin, leben wir in der Hoffnung und in der Wiederholung. Aber wir wissen, es endet. So leben wir in der Hoffnung. Und es kommt nichts Neues dazu. So leben wir in der Wiederholung. Nein, das kannst du dir nicht vorstellen, wie es ist, in der Hoffnung zu leben. Auf Erden ist die Hoffnung die letzte Zuflucht. Wo ich jetzt bin, füllt sie jede Sekunde aus, so prall, dass in jeder Sekunde die Gefahr besteht, dass die Sekunde platzt. Es herrscht die absolute Langeweile, die einzige Abwechslung ist die Qual. Ich sitze Schädelhöhlen gegenüber, in denen Spinnen schlafen. Die Mäuler meiner Kumpane rechts und links von mir stinken, als verwesten in ihnen tote Mäuse. Vierfüßige Gestalten mit Philosophenköpfen bewegen sich auf den Brettern hin und her und glotzen mich an, als hätte ich Fragen an sie gestellt – Sokrates, Platon, Aristoteles, Boëtius, sogar, glaub's mir, der große Augustinus, als wären sie vom Schlagfluss in Windelkinder rückverwandelt. Alles ist als ob. Nichts ist, was es ist. Nichts ist, was es seiner Bedeutung nach sein sollte. Denn nichts hat Bedeutung. Der übergute Scottus Eriugena, ein fettes, schwitzendes Ferkel mit dem Gesicht eines Kindes, flüstert jedem, der an ihm anstreift, seine Tricks zu, wie er die Zeit auf dem Läuterungsberg produktiv nutzen könne. Oder der überkluge zerzauste, graufedrige Pfau Anselm von Canterbury repetiert seit hundert Jahren ohne Unterlass seinen Gottesbeweis und fragt sich und uns, ob er mit derselben Logik nicht ebenso beweisen könnte, dass es Hippogryphen gibt. – Das kannst du dir nicht vorstellen, Fernando. Die Wiederholung ist noch schwerer zu ertragen als die Hoffnung, zugleich aber gibt sie nicht weniger Trost als diese. Wir wissen, es wird nicht schlimmer, als es ist, und es wird nicht besser, aber es wird auch nicht schlimmer. Und es endet. Ich wünschte, man schickte dich zu uns. Ich traue mich nicht, den Namen des Höchsten auszusprechen. Das gehört auch dazu. Aber wir haben die Hoffnung, ihn irgendwann wieder aussprechen zu dürfen. Es ist gut. Ich war im Leben ein Mensch, der sich selbst nicht mehr verachten konnte, zum Glück fiel ich bald, nachdem du uns verlassen hast, beim Äpfelpflücken von der Leiter und brach mir das Genick, bevor ich Dinge anstellen konnte, die mich am Fegefeuer vorbei direkt in die Hölle geführt hätten. Ich, der ich ein wenig klüger bin als die anderen um mich herum, ich habe eine Sorge: Was wird sein, wenn sich unsere Hoffnung erfüllt? Wird sich etwas ändern? Und sind die Hoffnungen dann an ihr Ende gekommen und auch die Wiederholungen?

Ob er ihm helfen könne, fragte Antonius. Ob er Vergebung von ihm wünsche. Es müsse ja nicht in der Form einer Beichte sein.

Vergebung dafür, dass ich dich beneidet habe?, fragte der Abtprimas. Was wäre, wenn du mir vergibst?

Ich weiß es nicht, sagte Antonius. Vielleicht ist dir dann leichter.

Und was ist, wenn *ich* dir vergebe?, fragte der Abtprimas.

Was habe ich dir getan, das du mir vergeben könntest?

Der Abtprimas lächelte und schüttelte zugleich den Kopf, was nicht eindeutig zu interpretieren war, denn Lächeln könnte Ja heißen, Kopfschütteln hingegen Nein. Er schüttelte das Sichtbare ab, Schicht für Schicht, erst die buschigen Brauen, denen folgten die Haare, sie richteten sich auf und flogen vom Kopf, als würden sie abgesaugt; nun verschwand die Nase, und wo sie gewesen war, war flacher, glatter, weißer Fels, und der Fels wurde weich wie Wachs und schmolz und verschwand auch; daraufhin drehten sich die Augen zurück ins Nichts, durch das hindurch die Fassaden der Häuser von Arcella im Fackelschein zu sehen waren; zuletzt wurde der ganze Mann mitsamt seinen wenigen Farben durchsichtiger als Kristall, durchsichtig wie die Luft, nur das Lächeln und das Kopfschütteln waren noch eine Weile zu sehen, und auch die schrumpften, schrumpften allmählich zusammen zu einem Punkt. Und war weg.

Er musste gehen, sagte der Großvater, er hat dich gewarnt, er habe nur wenig Zeit. Halte noch ein wenig aus, Fernando, nur ein wenig. Noch jemand will dich sprechen.

Der Großvater eilte davon auf seinen kurzen krummen Beinen.

19

Antonius betete. Aber wie schon zu seiner Zeit, fiel ihm kein Gebet ein, das, ohne durch ein Buch hindurchzugehen, direkt aus seinem Herzen entsprungen wäre, das aus seinen eigenen Worten geformt wäre – wie es der Franziskus gekonnt hatte in seinem Sonnengesang. Ein Gebet sei ein Geschenk der Einfachheit.

Gelobt seist du, mein Herr, durch Schwester Mond und die Sterne; am Himmel hast du sie gebildet, hell leuchtend und kostbar und schön.

Gelobt seist du, mein Herr, durch Bruder Wind und durch Luft und Wolken und heiteren Himmel und jegliches Wetter, durch das du deinen Geschöpfen den Unterhalt gibst.

Gelobt seist du, mein Herr, durch Schwester Wasser,
gar nützlich ist es und demütig und kostbar und keusch.
Gelobt seist du, mein Herr, durch Bruder Feuer,
durch das du die Nacht erleuchtest; und schön ist es und liebenswürdig und kraftvoll und stark.

Daran glaubte er nicht. Er glaubte nicht daran, weil er wusste, dass Franziskus seine Verse nicht als sinnbildlich verstanden haben wollte, sondern dass er den Mond tatsächlich für seine Schwester, den Wind tatsächlich für seinen Bruder, das Wasser wieder für seine Schwester und das Feuer wieder für seinen Bruder gehalten hatte. Er hatte mit ihm darüber disputiert, hatte ihn gelobt für dieses schöne Gedicht, das sich selbstbewusst neben die Oden des Horaz stellen dürfe oder neben die Elegien des Properz oder des Tibull. Franziskus aber hatte ihn gefragt, was er meine. Du hast ein schönes Lied geschrieben, hatte er zu ihm gesagt. Nein, ich habe kein Lied geschrieben, hatte Franziskus geantwortet, es ist ein Gruß an meine Brüder und Schwestern. Aber das Feuer ist nicht dein Bruder, und das Wasser ist nicht deine Schwester, hatte Antonius gesagt. Was meinst du, hatte Franziskus wieder gefragt. Und Antonius hatte dagegen gefragt: Sind sie deine Brüder und Schwestern? Wie deine leiblichen Brüder und leiblichen Schwestern? Ja, hatte Franziskus geantwortet, das sind sie. Und Antonius hatte ihn weitergefragt: Und es ist wahr, dass du die Sprache der Tiere verstehst? Das ist wahr, hatte Franziskus geantwortet.

Er glaubte es nicht.

Er glaubte, dass es Franziskus glaubte. Aber *er* glaubte es nicht. Und hätte es so gern geglaubt. Und er hatte sich damit getröstet, dass auch der heilige Augustinus es nicht geglaubt hätte. Paulus hatte an die Thessalonicher geschrieben: *Seid allezeit fröhlich, betet ohne Unterlass.* Und in den Psalmen hieß es: *Siebenmal am Tag singe ich dein Lob, und nachts stehe ich auf, um dich zu preisen.* Es war Mode geworden unter den Minderbrüdern, selbst Gebete zu erfinden und Gott um alles Mögliche zu bitten, Gebete an die Gottesmutter zu erfinden und an Jesus, aber auch an Heilige, als wären sie Götter. Zuständigkeiten wurden zusammen mit den Gebeten erfunden; und wenn einer nur eine kräftig gewürzte Suppe sich wünschte, zog er sich ein Gebet aus der Fantasie und schickte es an irgendeinen entlegenen Heiligen, der ihm nicht allzu überlastet schien, so dass er hoffen durfte, auf die Erfüllung nicht allzu lange warten zu müssen. Um diesem Unfug entgegenzutreten, hatte Antonius ein Offizium für das Stundenbuch der Brüder zusammengestellt, in dem er Verse aus der Bibel, nach Themen geordnet, kombinierte, bunt gemischt Altes und Neues Testament, zum Beispiel zur Liebe:

- *Ich liebe, die mich lieben, und die mich suchen, finden mich. (Buch der Sprüche)*
- *Hass erregt Hader; aber Liebe deckt alle Übertretungen zu. (Buch der Sprüche)*
- *Denn Liebe ist stark wie der Tod und Leidenschaft unwiderstehlich wie das Totenreich. Ihre Glut ist feurig und eine gewaltige Flamme. (Hohelied)*

- *Viele Wasser können die Liebe nicht auslöschen noch die Ströme sie ertränken.* (Hohelied)
- *Wenn einer alles Gut in seinem Hause um die Liebe geben wollte, würde man ihn verachten?* (Hohelied)
- *Du sollst den Herrn, deinen Gott, lieben von ganzem Herzen, von ganzer Seele, von ganzem Gemüt und mit all deiner Kraft.* (Lukas)
- *Daran wird jedermann erkennen, dass ihr meine Jünger seid, wenn ihr Liebe untereinander habt.* (Johannes)
- *Und wenn ich prophetisch reden könnte und wüsste alle Geheimnisse und alle Erkenntnis und hätte allen Glauben, so dass ich Berge versetzen könnte, und hätte der Liebe nicht, so wäre ich nichts.* (Paulus, Korinther)

20

Nun lag er in Arcella auf dem Platz vor dem Kloster, und es war inzwischen finstere Nacht. Nur noch wenige Fackeln brannten, und um den Platz herum summte das Geschnarche aus dreitausend Gurgeln, und es klang nicht unähnlich einem Gebetsgemurmel. Durch den Fieberkopf des Sterbenden streifte ein Gedanke auf der Suche nach einem Gebet, einem kleinen, selbst geformten, selbst empfundenen, allein aus der Eigenart der eigenen Seele gebildeten Gebet. Nur ein Wort. Ein Wort! Ein Wort! Mein Gott, ein Wort!

Und schon stand der Großvater wieder neben ihm, und wieder war er nicht allein.

Basima, sagte Antonius.

Ja, sagte Basima, ich bin zu dir gekommen. Im Traum komme ich zu dir.

Dein Haar ist immer noch gelockt, als hätte es der liebe Gott um seinen Finger gewickelt, sagte Antonius.

Warum sollte es denn anders sein?, lachte sie.

Aber die Muscheln fehlen. Schmückst du dich nicht mehr, Basima?

Ich liege in meinem Bett. Warum sollte ich mich schmücken, wenn ich mich zum Schlafen ins Bett lege? Ich liege in meinem Bett und träume von dir, Fernando.

Willst du dich zu mir setzen?

Du musst nur ein Stück zur Seite rutschen, Fernando.

Das kann ich nicht.

Ich tu so, als ob du es könntest. Ich setze mich auf die Steine und tu so, als wärest du ein Stück zur Seite gerutscht, und ich tu so, als würdest du nicht auf einer groben Pritsche liegen, sondern in einem Bett. Ich habe oft geträumt von dir in der Nacht, Fernando, und am Tag denke ich oft an dich. Aber wenn ich von dir geträumt habe, warst du weit weg, ich habe dich nur von der Ferne gesehen. Darum dachte ich heute, ich komme zu dir. Ich bin stolz darauf, was aus dir geworden ist, und ich bin stolz, dass wir uns gekannt haben!

Willst du mir von dir erzählen, Basima?, fragte Antonius.

Das möchte ich gern. Ich weiß nur nicht, ob es interessant genug ist. Ich führe ein einfaches Leben.

Und ist es auch ein glückliches Leben?

Oh, ja, das ist es schon. Ich bin verheiratet und habe drei Kinder, zwei Mädchen und einen Buben. Der Bub ist der Älteste. Er heißt Diogo. Erst wollte ich ihn Fernando taufen lassen, und Miguel, mein Mann, wollte es auch, er weiß nichts von uns, niemand weiß etwas von uns, nur meine

Mutter, die weiß es. Darf ich sie von dir grüßen, wenn ich aufwache und mich noch an den Traum erinnere?

Ja, grüße sie von mir, Basima. Sag ihr, ich habe sie sehr gern gehabt.

Sie hat dich auch gern gehabt. Aber ich wollte dir von Diogo erzählen, meinem Ältesten, und dass ich ihn nach dir nennen wollte. Aber dann habe ich gedacht, das ist nicht gerecht. Es wäre nicht gerecht gewesen gegenüber Miguel und auch nicht gegenüber dem Kind und dir gegenüber auch nicht. Ich habe mich für Diogo entschieden. Was meinst du, Fernando?

Ich hätte mich gefreut, wenn dein Sohn meinen Namen trägt, aber es ist gut so, wie es ist, es ist besser.

Also, fange ich einmal an mit dem Erzählen, wenn du das willst: Wir leben in Coimbra, dort hat Miguel eine Stelle an der Universität. Er ist für die Kasse der Universität verantwortlich. Von Geld versteht er viel. Aber nicht, dass du jetzt denkst, er sei geizig! Im Gegenteil, sage ich dir! Es gibt keinen großzügigeren Mann. Ich muss ihm immer wieder Verschwendung vorwerfen. Nicht im Streit. Wenn wir uns streiten, dann um andere Dinge. Darüber muss ich nicht sprechen, oder?

Vielleicht könnte ich dir einen Rat geben.

Das glaube ich nicht. Ich will dir nur ein Beispiel nennen, ein Beispiel für Miguels Großzügigkeit, die eigentlich Verschwendung ist. Unsere Jüngste ... sie sieht übrigens aus, wie ich damals ausgesehen habe, genau wie ich sieht sie aus, sie heißt Mônica und ist vierzehn, ihre Schwester ist fünfzehn und heißt Isabel, Diogo ist siebzehn ... ich wollte erzählen von Mônica, die wünscht sich immer etwas von ihrem Vater, wenn der nach Lissabon fährt in geschäftlichen Angelegenheiten oder nach Braga oder nach Porto, und letzten Monat hat sie sich einen Granatapfel gewünscht. Und was bringt Miguel ihr mit? Hundert Granatäpfel! Er musste sich einen Träger mieten, stell dir vor. Was sollen wir mit so vielen Granatäpfeln? Er sagte zu Mônica: Ich liebe dich hundertmal mehr, als du dir wünschst. So ist er. Mônica ist sein Liebling. Eine Woche lang haben wir nur Granatäpfel gegessen, zum Frühstück zu Mittag, am Abend ... Diogo und Isabel haben schon die Augen verdreht ...

Und Mônica?

Die hat getan, als ob es ihr immer noch schmeckt. Ihrem Vater zulieb. Inzwischen schlafen wir in getrennten Zimmern, Miguel und ich. Aber das hat nichts zu bedeuten. Einmal schnarche ich, in der nächsten Nacht schnarcht er. Und bevor man sich übereinander ärgert ... Zum Glück haben wir ein großes Haus. Als dein Großvater starb, hat er meiner Mutter sehr viel Geld hinterlassen, und von diesem Geld hat mir meine Mutter das Haus gekauft. Dein Onkel und deine Schwester und ihre Ordensgemeinschaften wollten uns das Geld wegnehmen, aber wir haben uns einen Advokaten geholt. Es sind genügend Zimmer in dem Haus, und so haben Miguel und ich jeder ein eigenes Schlafzimmer. Am Morgen kriecht er immer zu mir ins Bett, und wir liegen eine Stunde eng beieinander, daran haben wir uns gewöhnt. Das ist schön. Darum kann ich nicht so lange bei dir bleiben. Wenn er aufwacht, möchte ich ausgeträumt haben. Das verstehst du doch? Manchmal habe ich mir gewünscht, ich hätte unseren Sohn Fernando getauft. Ich habe in der Nacht im Traum deinen Namen gerufen, und nicht nur einmal, und Miguel ist aufgewacht und hat gefragt: Wer ist Fernando, wer? Sag mir endlich, wer dieser Fernando ist! Das war peinlich. Würde unser Sohn Fernando heißen, hätte er nicht gefragt. Ich habe irgendetwas geantwortet. Wahrscheinlich habe ich gelogen. Ich habe gelogen, ja. Ist das schlimm?

Fragst du mich das?

Ja.

Ich glaube nicht, dass es schlimm ist.

Soll ich dir wiederholen, was ich gelogen habe?

Nein, das brauchst du nicht.

Ich muss jetzt gehen, Fernando.

Ja.

Ich muss gehen.

Danke, dass du mich besucht hast, Basima.

Antonius spürte einen Windhauch, der strich über seine Stirn. Nun war die Nacht weit fortgeschritten, und um diese Jahreszeit war die Dunkelheit kurz, im Osten hoben sich die dunklen Giebel schon vom Himmel ab.

Nun, Fernando, sagte der Großvater, nun hast du nichts mehr zu erledigen – jedenfalls nicht, dass ich wüsste.

Wieder strich ein Windhauch über das Gesicht des Mannes, der in Arcella auf dem Platz vor dem Kloster lag, umgeben von Dreitausend, die schliefen, manche mit der bloßen Wange auf dem Steinboden, andere den Kopf im Schoß ihrer Ehefrau, andere in Umarmung ihrer Kinder – ein Morgenwindhauch ... ein Sommermorgenwindhauch ...

21

Aber er hatte doch noch etwas zu erledigen – mach schon, Chronist!

Als noch alle schliefen, huschte der kleine Mönch über den Platz; der, der dem Antonius hatte Wasser geben wollen, das er unter seiner Kutte versteckt hatte; der, der sich nach seinem Noviziat Fernando nennen wollte nach dem alten Namen des Antonius; der, der überall erzählte, Antonius habe nur vier Zehen, die fünfte habe Gott bei sich behalten. Er kniete sich neben dem Sterbenden nieder. Er sah, dass sich die Augen noch bewegten. Er fragte, ob er ihn verstehe. Antonius blinzelte. Der kleine Mönch hielt seine Hand. Die Finger bewegten sich, sie streichelten seine Finger. Ob er ihm die Beichte abnehmen solle. Antonius blinzelte. Er schlage Folgendes vor, flüsterte der kleine Mönch. Er zähle langsam und deutlich die zehn Gebote auf, eines nach dem anderen, und die sieben Todsünden, eine nach der anderen, und wenn er, Antonius, ein Gebot gebrochen oder eine Todsünde begangen habe, solle er blinzeln. Ob er damit einverstanden sei. Antonius blinzelte.

So taten sie.

Am Ende sprach ihn der kleine Mönch los – *Deus, Pater misericordiarum, qui per mortem et resurrectionem Filii sui mundum sibi reconciliavit et Spiritum Sanctum effudit in remissionem peccatorum, per ministerium Ecclesiae indulgentiam tibi tribuat et pacem. Et ego te absolvo a peccatis tuis in nomine Patris, et Filii, et Spiritus Sancti, Amen* – und schlich wieder über den Platz, stieg wieder über den Mann, dessen Wange den Steinboden berührte, über die Frau, in deren Schoß der Kopf ihres Mannes lag, über die Kinder, die ihre Mutter umarmten.

Als der Platz noch im Schatten war, der Himmel aber schon hell, erwachten die Ersten, und auf der Brust des Antonius saß ein Rabe. Da weckten sie die anderen, und leise kamen sie näher und beugten sich über ihn. Und sie sahen, der Mann, der Verlorenes wiederfindet, hatte auf Erden nichts mehr zu erledigen.